最棒的书呆子

[美] 詹姆斯 · 帕特森 [美] 克里斯 · 格拉本斯坦 著
[澳] 查尔斯 · 桑托索 绘 唐乃馨 译

中信出版集团 | 北京

图书在版编目（CIP）数据

最棒的书呆子 / (美) 詹姆斯 · 帕特森 , (美) 克里斯 · 格拉本斯坦著 ; (澳) 查尔斯 · 桑托索绘 ; 唐乃馨译 . -- 北京 : 中信出版社 , 2023.10(2024.9重印)
ISBN 978-7-5217-5556-5

Ⅰ . ①最… Ⅱ . ①詹… ②克… ③查… ④唐… Ⅲ . ①儿童小说—长篇小说—美国—现代 Ⅳ . ① I712.84

中国国家版本馆 CIP 数据核字 (2023) 第 074521 号

最棒的书呆子

著　　者：[美] 詹姆斯 · 帕特森　[美] 克里斯 · 格拉本斯坦
绘　　者：[澳] 查尔斯 · 桑托索
译　　者：唐乃馨
出版发行：中信出版集团股份有限公司
（北京市朝阳区东三环北路27号嘉铭中心　邮编　100020）
承 印 者：北京顶佳世纪印刷有限公司

开　　本：880mm × 1230mm　1/32　　印　　张：8.625　　字　　数：165千字
版　　次：2023年10月第1版　　印　　次：2024年 9 月第7次印刷
京权图字：01-2023-1848
书　　号：ISBN 978-7-5217-5556-5
定　　价：35.00元

服务热线：400-600-8099
投稿邮箱：author@citicpub.com

当你“入局”，侦探游戏就开始了

——如何阅读一本小说

付雪莲

儿童阅读推广人、2019—2020 年度全国小语“十大青年名师”

我今天要给你推荐一本书——《最棒的书呆子》！如果你习惯通过书名预测内容，那我敢肯定，你绝对猜不出这本书究竟讲了什么。

书呆子学习的秘诀？书呆子成为社交高手的励志故事？书呆子历险成为英雄？不不不，都不是，你恐怕真的要翻开这本书，才会知道作者有多会讲故事，有多会设置悬念。

原谅我没有办法提前透露这个故事的主要内容给你，因为它太好看了，任何内容和结构上的透露，都会影响你自己去读它时的快乐。

是的，只要你翻开它，故事就会自动牵引着你往前走，你会真切地感受到“手不释卷”的意思。对于平时爱读书的孩子，那是非要一口气读完才能罢休的。那些还没有养成读完一本书习惯的孩子，这本书就更适合你了，这种有着侦探味道的书，会让你成为最棒的小书虫。

为了让你能从这本书中获得更多的快乐，我还是想给你几件“法宝”。

第一件法宝：主动“入局”，与主人公对话

“太好了。你终于来了。我这就把那个混乱的故事讲给你听。”这是故事的开头。发现了吗？主角在和你对话。这样的写法，对于作者来说，可以拉近与读者的距离。而对于你来说，不如把这次阅读当作一个游戏，小说的开头就像一个游戏的开局，主人公一上来就和你互动，他在“邀你入局”。当你接过主人公递过来的话，试着在心里回应他，问他你想知道的事，这场游戏就正式开始了。借助想象，让自己仿佛观看 5D 电影一样，置身于整个故事之中，相信我，这种阅读体验太酷了。而且，这本悬疑小说很特别的一点是，在阅读中，你选择如何与主人公互动——是支持他还是质疑他，这会带来完全不一样的阅读感受。

第二件法宝：不断反问，自己如何选择

如果我不稍微透露一点儿内容，恐怕就没办法把第二件“法宝”送给你。好吧，只透露一点点。你别想着我会告诉你更多。当你真的打开这本书，开始读下去，你就完全能明白我此刻的良苦用心。主人公芬恩遭遇了一次严重的车祸，他

以灵魂的状态审视着生前的一切。他目睹了家人、朋友、同学在失去他后的种种经历。

如果你是他，你会选择和去世的爷爷离开，还是完成自己的“未竟之事”呢？如果生命按下暂停键，哪些事是你遗憾没有去做的呢？这种思考极有价值，因为我们如此幸运，有机会立刻去完成生命中那些重要的事。

第三件法宝：观看插图，感受阅读之趣

很多书籍的插图，都是还原文本中的场景。这本书的插图，类似于绘本中图画的作用。它们和文字交相辉映，不仅补充了很多细节，而且是在延伸内容。在那场车祸中，文字描写为“我超爱自行车，但我爸妈可算不上冒险家。所以我的自行车是荧光橙色……我摔下了悬崖”。插图里，主人公指着悬崖下面对读者说：“就那儿。眯起眼睛，你就能看到我的自行车。就在下面，是鲜艳的橙色，有点儿像卷饼。一个七扭八歪的亮橙色卷饼。”

说实话，本来有点儿悲伤的我，看到这幅插图，一下子被逗笑了。亮橙色卷饼，哈哈，嗯，很抱歉，但真的有点儿好笑，哈哈。我想这恰恰是作者的幽默与善良，他不想小读者难过，他把善意都藏在了插图里，你要仔细去看，一定会

获得更多乐趣。

我真是急得难受啊！我好希望你赶快看完这本书，和你聊一聊作者是如何在时间线中自由穿梭的；聊一聊“恐惧才是生命中真正的敌人”；聊一聊如何唤醒我们的感官来重新认识世界；聊一聊懂得接受别人的帮助、敢于独自面对自己的困境都是成长的必经之路；聊一聊如何增进与父母的沟通，理解父母有父母的成长轨迹，而我们也有我们的；聊一聊如何在别人的故事中获得勇气，去过滚烫的一生……

好吧，好吧！我不说了。你快看故事吧！它等你很久了。

留给小读者的问题

主人公芬恩对弟弟说：“不要重复我的错误，弟弟。有点儿冒险精神，过你想要的生活。每一天都是一份礼物……”这本书也是一份礼物。你愿意给芬恩写封信吗？和芬恩说说你的心里话，聊聊你生活中的恐惧和渴望，也勇敢地说说你想过怎样的人生。

目录

第一章

被疯狂追赶的荧光橙自行车

1. 恶魔货车

太好了。你终于来了。我这就把那个混乱的故事讲给你听。

事情发生在初中毕业前。那天是六月六日，我骑着我的托尼·霍克自行车出门。爸妈一直不喜欢我这样，毕竟——拜托——那可是“托尼·霍克”，这个疯子九岁就开始玩滑板了。你见过电子游戏①里他做的那些动作吗？相当危险。

我超爱自行车，但我爸妈可算不上冒险家。所以我的自行车是荧光橙色，我妈希望其他人，尤其是司机，在半英里外就能看到我。

①指《托尼·霍克极限滑板》，一款基于滑板运动员托尼·霍克的形象制作的电子游戏。（如无特殊说明，本书注释皆为译者注。）

然而这个办法并不总是管用。

那是在放学后，也许是下午四点半吧，我骑着我那辆荧光橙自行车出去，沿着起伏不平的山脊路兜风。接下来就是一个大陡坡了，我特兴奋。

身后突然传来发动机的咆哮声。我是说，开车的司机正在加速。

我赶紧回头看了一眼。

一辆巨大的黑色货车咔嗒咔嗒地冲过来。司机好像把我当成了撞击目标。我火速踩着脚踏板，骑得非常快、非常快。

货车也加速了。它的发动机尖叫着，我就像是被斯蒂芬·金恐怖电影里那个超可怕的小丑追赶——结果确实也没什么两样。

我不知道该怎么办，因为我满脑子想的都是这辆车可能是想弄死我。认真地讲，司机看到我和我的荧光橙自行车时肯定踩了油门，我敢发誓。

我当然很害怕。（你有过被恶魔货车追赶的经历吗？真的很吓人。）

我双腿使劲儿蹬，大腿肌肉有一种要爆炸的感觉，都快迸出火星子了。

我们在陡峭的下坡路赛车。不过，在公路版的极限游戏里，货车总是能打败自行车。

身后传来货车的轰鸣声。它越来越近了，又近了些。我甚至能闻到汽油燃烧的味道，感觉到散热片里喷出的热气。货车的前保险杠正逼近我的后轮。这个疯子想把我撞飞！

我决定冲进路肩处那堆灌木丛里。听上去是很聪明的做法吧？但不是。

这个决定很糟糕。

灌木遮住了一些东西：一堵用作护栏的低矮石墙。自行车前轮猛地撞上石墙，而我飞了出去。

我摔下了悬崖。

哦——我有没有说过悬崖足有一百英尺高，下面是大片嶙峋的岩石和峭壁？

嗯，没错。相信我，我说得准没错。因为我就是这么死的。

就那儿。眯起眼睛，你就能看到我的自行车。

就在下面，是鲜艳的橙色，有点儿像卷饼。

一个七扭八歪的亮橙色卷饼。

2. 悬崖之下

我知道。我知道。我知道你不想让我这么快死翘翘。

我也不想啊。

总之，我从没死过，所以不太清楚应该怎么办。

我——或者说我的灵魂、鬼魂之类的——悬在那些嶙峋的岩石上瞎晃荡。我的第一反应是"哇"，因为我抬头看了看，发现自己掉落的地方很高，真的是一段很长、很长、很长的距离。长到我胃里直犯恶心。

你可能会好奇，我被那辆恶魔货车追赶的时候是否记住了车牌号。哦，没有，我没记。事实上，我只回头看了那么一次。我当时很慌，记得吧？而且，即使记住了凶手的车牌号又有什么用呢？我已经死了。我不可能跑到附近的警局报案什么的吧。

而且你猜怎么着？几秒钟前我还在山脊路边缘低头往下看我那辆散架的自行车，怎么突然就站在车旁边往上看了呢？我摸不着头脑。很显然，我对死亡这件事一点儿经验都没有。

我开始回忆之前看过的关于死人的电影。（我看过很多电影。）我以为会出现一条光之隧道，因为在电影里，人死后总是会看到一条明亮的隧道，然后走进去。隧道里通常会站着先辈们，帮助你往里走。我想他们就是所谓的“灵魂向导”吧。

可是，一想到会碰见某些远房姨妈、叔伯或表亲——我可能根本就不记得或不认识他们——我感到一丝紧张。这些已故的人还活着的时候，我有寄足够的感谢卡片给他们吗？或者他们会不会说：“哦，看看是谁来了。这是芬恩。我在他的生日贺卡里塞了五美元，可这小子从来没说过谢谢……已经八年了！”

哦对了，那辆把我赶下悬崖的货车压根儿就没掉头看看自己干的好事——如果你想知道的话。肇事逃逸司机没有表现出丝毫自责。即便是斯蒂芬·金电影里开恶魔货车跑出来的变态也不会这么疯吧。

但有一件事我似乎第一次注意到——山脊路边的松树太好闻了。我骑车上山不知多少次，但从来没有闻到过这么美妙的松树香气。这会儿的松香可真是令人赞叹，让我想起了我最好的朋友克里斯托弗家的圣诞节。他家总是会弄一棵货真价实的冬青树来，我家用的则是假树，为了让它真实一些，我们还会喷上松香味的空气清新剂。但即便如此，克里斯托弗家的冬青树还是更好闻。

过了一会儿，我开始内疚。我的意思是，我为什么要选一个人迹罕至的地方死掉呢？尸体都不好找。山脊路虽然离湖挺近，但很少有人开车来这里（除了——你懂的——发疯的变态货车司机）。

死马当活马医，我还是喊一喊吧。

“帮帮忙！悬崖下面！有人吗？”

鬼魂的喊叫声大概真的不会被听到吧。一只鸟正在附近的树上鸣叫，它确实顿了顿，脑袋瓜微微偏了一下。它听到我说话了？两秒钟后它又开始叫了，歌声别提多愉快。所以谁知道呢。

那只鸟很高兴。

我呢？我不太高兴。

3. 最后时刻

我知道爸妈马上就会开始担心我。

快到晚餐时间了，我家的用餐时间表非常严格。爸爸每天下午 5:20 准时进门，然后我们会在 5:30 准时坐下来吃饭。每天都是如此。无论春夏或秋冬，平日或周末，晚餐总是 5:30 开始，雷打不动。

如果到时候我没回去，他们肯定会组成一支搜索队出来找。

我在想，最后事情会不会变成这样。镇上所有人都跑到森林里，大家手拉着手列队搜寻，直到有人喊："头儿！你得来看看这儿。"

我说过，我看过很多电影。

如果真出现了我刚刚说的那种场景，那搜索队会遇到一个难题：他们得手拉着手穿过嶙峋陡峭的岩石峡谷才能找到我。没错——我的确选了一个最糟糕的葬身之地。

万一没人发现我的尸体呢？

万一他们压根儿不知道我已经死了，只是认为我失踪了呢？就像学校里四个月前失踪的那个女孩伊莎贝拉·罗哈斯？万一我步了她的后尘呢？

突然，我感觉到有人在看我。就在上面。

我抬头一瞧，看到一架直升机，机身上印有“广播电台”的字样。这是我们当地最大的新闻台的空中播报直升机，正赶着去做高峰时段的交通报道。

我朝直升机挥舞手臂。我认识那个飞行员！是欧文斯太太，克里斯托弗的妈妈。是的，我总是喊他“克里斯托弗”，从来不喊“克里斯”。他说“克里斯托弗”听上去更有格调。

我接下来要讲的事有些搞笑。我以前坐过广播电台的直升机。有一次克里斯托弗过生日，欧文斯太太带克里斯托弗和我坐了一次。有些孩子的生日礼物是砸糖玩具皮纳塔，或者去充气弹跳屋玩一趟，而我们坐了一次直升机！

搞笑的是，我吓傻了。全程都很害怕。

欧文斯太太曾在军队服役多年，她试着让我平静下来。后来，我们开始在一片起伏不平的青葱树冠上盘旋，她告诉克里斯托弗和我，当年在海外服役时她意识到，“恐惧才是真正的敌人”。她告诉我们不要被恐惧吓退，应该把每一天都当作生命的最后一天来过。

此时此刻，我真的度过了生命中的最后一天，但我不确定我是否会同意欧文斯太太的建议。如果你每天都像我现在一样，知道自己也许会死掉，那你可能永远不会离开家，永远不会从被窝里爬出来。

我直挺挺地盯着上方。

欧文斯太太的直升机盘桓在我的安息地上方绕着圈。我很确定她看到了我，噢，或者说我的尸体。

我有些怀疑，难道是某种超自然力量指引欧文斯太太来到事件现场的？难道我的某个祖先从光之隧道里走出来之后没有为我做向导，而是为她做了向导？

直升机降低了飞行高度。哦，是的！她看见我了。我的躯壳还在岩石上。

这可能是她驾驶生涯中最糟糕的一天。

该面对现实了。

我会去参加自己的葬礼。

4. 我的葬礼

不知为什么，一眨眼的工夫我就出现在葬礼上了。

时间和以往不一样了。这可能是因为“我”本身跟以往不一样了。总之，我最好的朋友——四个书呆子——正一起坐在殡仪馆小教堂的第三排。

以免你有异议，顺便说一下，将我的朋友们称作“书呆子”没什么不好的意思。这只能说明，在一个遍布着正常小团体的中学里，我们几个都有点儿与众不同。所谓“正常小团体”你应该能懂，比如普通人、爱传八卦的女孩、运动员、受欢迎的家伙、怪家伙、多才多艺的家伙、聪明的家伙以及跟屁虫（那些努力融入其他团体的孩子）。

我的四个朋友加上我是一个奇怪的组合，没人能说清楚这究竟是一个什么样的小团体。我们中间有人虽然挺怪，但也很有趣；有人聪明，但从不令人感到乏味。还有一个很有天赋的运动员，但他一点儿也不浑蛋。我们都是书呆子，彼此间也不是很搭。

我的葬礼音乐跟我也不是很搭，不知道是谁选的。真的。我从没听过这么催人泪下的管风琴，连室内溜冰场都没放过这种音乐。我经常有机会听室内溜冰场的管风琴音乐，因为爸妈不让我跟朋友一起去玩真正的滑冰——穿着锋利的冰刀鞋而不是带防滑钉的橡胶底雪地靴在冰面上滑？太危险了。

在单调的葬礼音乐中我意识到，这是早逝的第一大缺憾——无法选择自己的葬礼歌单。

总之，就像我刚才说的，我最好的朋友——克里斯托弗、安妮、阿克斯和米奇——一起坐在第三排。第一排是我的妈妈、爸爸和弟弟查理。他们都很悲伤，这也让我感到十分悲伤。

坐在第二排的是所有能在短时间内赶来的亲戚：三位健在的祖父母、姑妈、姨妈、叔伯和表亲——有的人我只在海滩上的家庭聚会上见过一两次。其中有一个人是我的表弟罗德，他在聚会时偷偷拿走了我的冲浪板，我觉得这没什么，因为我爸不让我去海里玩，我只能在汽车旅馆的游泳池里用。因为海里肯定到处都是鲨鱼，就等着我这种趴在冲浪板上瞎扑腾的小孩送上门。不过，再糟糕也比不过在汽车旅馆的泳池里玩冲浪板，这太蠢了。蠢到家了。

学校也来了一些人，好吧，只来了一个人——校长。我想，“参加所有死去学生的葬礼”应该是校长这份职业的一项工作要求。我的老师们都没来，也许是因为他们根本不知道我是谁，我活着时他们不知道，死后也没必要知道。我从没参与过课堂讨论，也没举手回答过问题。

在这方面我倒是接受了我爸的忠告。“为什么要冒险呢，芬恩？”他会这样说，“如果能回避掉所有提问，就永远不用担心回答错误。只要隐身，你就不用担心自己会出洋相。”

这一刻，我觉得我是真的隐身了。

他们在棺材旁边的画架上挂了一张我的照片，还在上面贴了我的名字：芬恩·麦卡利斯特。（虽然我觉得在座的大多数人是知道我名字的。）

我不能百分之百确定，但应该不会错——我灵魂的长相跟我八年级的入学照片（也就是此刻画架上的那张）一样。只是现在的我更白一些，苍白，是蜡纸那种颜色。

我感觉糟透了。因为我看到了妈妈——坚持给我买那辆荧光橙自行车的人。

她正在哭。

而且她一哭，其他人也跟着哭了。我也哭了。就好像她给其他人发了哭泣许可证。“我是芬恩的妈妈，因为我在哭，所以你们也可以哭！”

我死了，对此我真的、真的很抱歉。我知道这对爸妈造成了多大的伤害。他们的感受肯定比我撞上那些岩石的时候还要痛苦。而且我的痛苦已经过去了，但爸妈的痛苦会持续一生。

就连我爸都开始抽泣了（尽管我看得出来他正努力克制自己）。那是“无限期借走”我冲浪板的表弟小罗德吗？他的肩膀在颤抖——“为什么要在家庭聚会上夺走他的冲浪板呢？”也许他终于开始自责了。

整个教堂的人都在哭。哭啊，哭啊。据殡仪台上的牧师说，我“英年早逝”。

我同意。

牧师继续说着祝祷词，台下的哭声大了起来。

连我的四个朋友也放声痛哭。

我忍不了了。“行了，你们这些家伙。”我大声说，想让教堂里的人听到我的话。

事实上，我几乎是在尖叫。

“好了，好了，好了。别哭了！你们这些家伙！停！！！够了吧？”

这时，最奇怪（但又有些奇妙）的事情发生了。

我的朋友们瞬间停下来，不哭了。

是听到我说的话了？

当时的场面就像在玩“大富翁”游戏，
每个人都开了一间自来水厂。

5. 午餐小组

好了。我们来一点儿倒叙。

在我的葬礼上观察这四位好朋友并不是了解他们最好的方法。所以，让我们回到过去，不是很久以前，而是上周我在学校食堂的最后一顿午餐的时间，在那之后我就决定骑车去山脊路兜风了……

是的，我在地球上的最后一餐是比萨面包棒，有点逊吧，但我喜欢吃。这是一种非常简单的比萨食用方法，酱汁和油脂不会滴到衣服上。味道呢？我想直到现在我才意识到食堂烤的面包棒味道有多好，配料有番茄酱、肉和奶酪之类的，香气浓郁。我的意思是，世界上还有比刚出炉的面包更香的东西吗？没有。尤其是当面包还是热乎乎的，上面浸润着浓稠的黄油或意大利香肠肉汁，而你还特别饿的时候——

我每天都很饿，因为我们的午餐时间很晚。

不过，我们倒叙的目的并不是为了讲我在地球上的最后一餐，跟食物没什么关系（尽管炸鸡柳闻起来也很香）。我要介绍的是“午餐小组”，就像电视节目《家庭问答》里说的那样，我们来见一见“午餐小组”。①

①“午餐小组”，即Lunch Bunch，是一种行为干预方法，老师或辅导员会和一小群学生一起吃午餐，帮助他们敞开心扉，培养积极的社交技能。

我们五个人总是坐在一起，

教几何的汤姆林老师有时也会加入我们。

首先是我——观察员芬恩，或者说见证人芬恩、半个旁观者芬恩。我总是有些脱离集体，常常在一旁看着其他人做一些很酷的事（因为爸妈不让我做），然后用一种有趣的方式讲出他们刚才做了什么。我大概是这个小组里的讲故事的人。

我们坐在学校食堂里的餐桌旁，笑得很开心。

相比油炸食物，我更怀念那些笑声。

坐在我旁边的是克里斯托弗。他一直是我最好的朋友。他非常聪明，是当之无愧的书呆子。差不多十年后吧？他可能会成为一名脑外科医生或硅谷的亿万富翁。也许是坐拥亿万资产的外科医生。真希望我能看到那一天。

克里斯托弗（他不让人喊他“克里斯”，还记得吧？）不喜欢和人对视，他总是盯着鞋子、牛奶盒或者我们T恤衫上印的字，但我们已经习惯了。他特别聪明，能给你讲清楚为什么他妈妈的直升机螺旋桨开始旋转时机体不会在原地打转。我相信他也能给你讲清楚我在山脊路摔下悬崖后到底摔断了哪些骨头。

他旁边的是安妮。她一直让我感到很费解。有一天，为了捡回自己抛出去的橄榄球——顺便说一句，她比其他人抛得都远，而且是一个完美的旋球——她穿着法兰绒衬衫和牛仔裤在泥巴里捣鼓了半天。第二天，她又开始做一些女孩子的事情，比如沉迷于自拍或者阿兹特克式美甲。

我对安妮有一种朦朦胧胧的好感，时断时续，这难道就是暗恋？不过我想是时候结束了，毕竟我的生命已经结束了。

接下来是阿克斯。每个人都觉得他这么大个儿的黑人小孩肯定很擅长体育。偷偷告诉你：他一点儿都不擅长。他是个糟糕的运动员。我们小时候玩棒球，他总是三振出局——连续三次击不中球。即使投手直接把球丢到他脚边他也击不中。啧啧！

阿克斯对每个人都很友好，友好得令人难以置信。除了那些彻头彻尾的浑蛋（比如总问他为什么不加入橄榄球队的人——只因为他看上去很像橄榄球大联盟里的中后卫）。虽然阿克斯性格很温和，但如果哪个浑蛋敢找他麻烦（或找他朋友的麻烦），他会让对方吃不了兜着走。

最后是米格尔，他喜欢这样介绍自己："嘿，叫我米奇。咱可不是米奇老鼠，而是棒球运动员米奇。"米奇是个了不起的运动员。橄榄球、篮球、棒球——只要是球类运动，他总能进入首发阵容。他擅长所有运动项目，而且他自己也知道这一点。所以他很张狂，但狂得很有意思。比如他曾对一个女孩说："你们的生活要是没有我，那就跟一支摔断了笔尖的铅笔没什么两样，没有意义。"

你可能会问，米奇这样的超级运动健将为什么会混进书呆子堆里？好吧，是这样。小学时阿克斯个子噌噌长，但那会儿的米奇还只是“米格尔”，而不是“米奇”。当时阿克斯保护过他，米奇从未忘记这一点。我们也没有。

哦对了，女孩们都很喜欢米奇。我好像还没提过这件事吧？

所有女孩。包括安妮。

现在，我们还是回到我的葬礼上，因为我很好奇一件事：米奇和安妮是 起来的教堂吗？今天是星期六，他们会不会以我的葬礼为由溜出去约会？

我走在教堂中央的过道上，想去看看坐在第三排的朋友们。这时候，不知从哪儿冒出一束光，顿时我的眼睛一阵晕眩。光线源自我的棺材后方，一个模糊的人影正向前移动。

是我的爷爷。

他是在五年前去世的。

第二章

我决定追查真相

6. 向导爷爷

我的爷爷德斯蒙德·麦卡利斯特生前是个瘦高个儿。

死后的他依然又高又瘦。他表情严厉，看上去总是像刚刚闻了一盒馊牛奶。

我最后一次见他是在八岁的生日派对上。是的，没错，五年前。

连冰激凌和蛋糕也不能让他笑一下。

他慢慢举起手，示意我走过去，跟他一起站在那束光下面。“时间到了。”他用低沉、诡异的声音宣布。我起了一层鸡皮疙瘩。他生前从来不会这样，他只是口头上的“爷爷”，一个生活在疗养院的老人。我从来没有长时间跟他相处过，也许我以前应该多陪陪他。也许我有很多本应该做但却没做的事。

“我们得走了，芬尼根，”他告诉我，“跟他们告别吧。我是来给你做向导的。”

我环顾四周。座位上的人都听不到爷爷的说话声，他们依然在哭。

“呃，我们要去哪里？”我问他。

爷爷没有回答。他只是转过身去，开始往光束里走。说是“走”，其实只是一个被朦胧光影包裹着的轮廓在缓慢移动。他举起手，指向光束的源头，光束被他的手分成炫目的几道。

我捂住眼睛，鼓起勇气——这正是我活着的时候缺乏的东西。

“不，”我说，声音有些颤抖，“我不会跟你走的。”

我以前从没跟爷爷顶过嘴。我一直很怕跟像他这样可怕的成年人这么说话。此时此刻，情况可能更糟糕，因为他更可怕了——现在的他是一个幽灵，一个灵魂向导。

他转过身来看向我。

“不？”他说，“不？！”

他的声音回荡着，也许是被光之隧道的墙壁反弹回来的，也许是某种特殊的音效。不管是怎么回事，总之我怕极了。

我吓得哑口无言，只摇了摇头。

爷爷眯眼看着我，眼神像刀子。

“未竟之事？”他说着，挑起眉毛。

我点了点头。“是的，爷爷。呃，我还有一些事情要处理。就像你说的，未竟之事，还没完成的事……”

我在说什么啊。

爷爷叹了口气，吐出一团白雾，就像在雪地里玩耍时哈出的白气一般。

“快点儿处理，芬恩，”他说，“搞定你的事。不要带着遗憾进入来生。”

说话的间隙，他的目光飘向葬礼的人群。大家好像冻僵了，似乎进入了假死状态。没有人动，甚至没有人呼吸。看上去他们正在录几年前那个热门的潮流视频——假人挑战。

爷爷眼里闪闪发亮。是一滴泪，还是一粒冰呢？

他的目光停留在奶奶身上。她坐在第二排，正攥着一块花边手帕擦眼睛，但此刻是僵住的状态。

那是他的妻子。他的遗孀。

爷爷的喉咙动了动，好像咽下了自己此刻的所有感受。他看奶奶的眼神让我怀疑，他可能也有一些遗憾，一些未能料理的未竟之事。

“快一点儿，芬恩，”他重复道，语气温柔了一些，“搞定你要完成的事。”

他转过身去，抬头望向那束光。只听嗖的一声，好像有人拔掉了巨型探照灯的插头。光之隧道缩至针尖般大小，最终消失了。

我再次转身看向葬礼的人群。大家动了，他们拥抱，擦眼泪，从座位里走出来。

我站在朋友坐的那排椅子附近。

“走吧，”米奇悲伤地说，“我们离开这儿吧。”

“嗯，”安妮说，“我们去湖边吧。”

“听起来不错。”阿克斯小声附和。

克里斯托弗点了点头，说：“芬恩也会希望我们这么做。”

克里斯托弗说得对。湖边可能是这个星球上我最喜欢的地方。我多么喜欢那儿。

“湖边可能是这个星球上芬恩最喜欢的地方，”安妮说，“他多么喜欢那儿。”

好吧，这太奇怪了。安妮完全明白我的想法，而且一字不差地说了出来。难道我用某种方式让她读到了我的心思？如果是这样，我就得留意我的心思了。

因为我担心她会接收到一些，呃，我的“其他想法”。关于她的那些！

7. 湖边跳水

那座湖的正式名称是纳尼扎纳德湖（Lake Naniizaanad），“纳尼扎纳德”在奥杰布华语里的意思是“危险”。

你可能会觉得这个名字是我爸编造的。但他祖上是爱尔兰人，不是美国原住民，应该不懂奥杰布华语。

大家平时都叫它“湖”。这也许是因为没人记得“Naniizaanad”这个词该如何发音。这座湖实际上更像一个天然泳池，水流顺着陡峭的溪谷直冲下来，撞在岩石上，激起白色的水花。湖的边缘是笔挺的岩壁，很适合跳水——如果你真的知道自己在做什么以及该往哪里跳。否则就会像我爸妈经常说的那样，你会把你的头骨摔裂，或者瘫痪，或者两者兼有。

我比我的朋友们先到达了湖边。他们可能会骑自行车。

我呢？我只是想着要来这里，然后——唰！——我就到了。如果没有肉体，移动似乎变得超级容易。

对我和我的朋友们来说，湖边一直是一个特别的地方。夏日里，只要能去，我们每天都会去。就是在这儿，我第一次看到了穿分体式泳衣的女孩。也是在这儿，当我盯着穿分体式泳衣的女孩时，安妮往我肩膀上揍了一拳。

在湖边，我的朋友们总是玩得很开心，看着他们开心，我也会很开心。我看着他们做那些很酷的事，然后像讲故事一样向他们描述他们刚刚做的事有多酷。我有点儿像小组里的历史学家。

不一会儿，我听到四个朋友猛蹬着山地车，沿着陡峭小路朝岩壁上方骑来。当然，米奇冲在前面。阿克斯在队尾。每个人都呼呼喘着粗气。我是唯一一个没在用力呼吸的人。事实上，我根本就没有呼吸。

“感觉不错。”米奇说，他比其他人早了半分钟到达岩顶，“我的四肢活动开了。”

“已经有研究证明，运动能帮人应对悲伤情绪。”克里斯托弗喘着粗气骑到了观景台。

“终于离开殡仪馆了。”安妮说。

阿克斯点了点头，轻声说：“那里太让人难过了。”

“呃，不然呢？”安妮说，“醒醒，阿克斯。那是葬礼。你以为它会是什么样子？”

阿克斯耸了耸肩。“我不知道。也许谁会讲一些芬恩的趣事？”

“没错，”米奇说，“他的趣事太多了。”

克里斯托弗点了点头，说：“趣事可比管风琴好听。”

“如果芬恩在场，他肯定讨厌那种管风琴音乐。”阿克斯补充道。

是的！我讨厌！我试着告诉他们，那动静比溜冰场上那个老头子吹出来的还要糟糕。这感觉就像回到了从前，我们一起站在跳水岩上闲扯，开心极了。

唯一的问题是什么呢？

我死了。他们听不到我说话。

“嘿，”安妮说，“还记得芬恩盯着那个高中女生看被我逮到的那次吗？就是那个穿比基尼的？”

“记得，”米奇挺起胸膛，“她跳进水里的时候上衣掉下来了，我只能跳下去帮她解围。”

“真是个绅士呢，”安妮笑着说，“芬恩差点儿跳下去跟你一起帮忙了。差一点儿。”

“他好像从来没从岩顶上跳过水。”阿克斯说。

“你倒是跳过，”安妮说，“你一跳，半个湖的水都溅出去了。”

“嘿，它还会自己满上的。”

“芬恩的爸妈告诉他跳水太危险，”克里斯托弗说，“即使是脚先入水也不行。”他指着下面的湖说道，“反正就是不行，因为这湖深不见底。”

“还记得他急匆匆地下来，去岸边跟我们会合的样子吗？”米奇说，“他特别特别特别小心，紧紧抓着岩石，任何时候都必须保证有‘三个接触点’。”

然后米奇开始模仿我。但我可不觉得我的声音像打了氦气的气球。

“潜到水下去，伙计们。我打赌我会赢你们！”米奇一直都是这个口头禅。我打赌我会赢你们。

“有时候，”阿克斯说，“我会等芬恩到岸边再跳水。他会坐在那里那块平整的岩石上，然后我从跳水岩上跳下来，收回腿，化身成一颗超级炮弹，把半个湖的水溅到芬恩身上，就像安妮说的那样。”

我的朋友们都笑了。我知道，他们真的很想念我。

“好吧，”米奇说着，脱掉他的衬衫和短裤，露出里面的泳衣，“为了芬恩。这一跳是为了你，哥们！”

克里斯托弗、阿克斯和安妮也都脱去衣服，露出泳衣。

“为了芬恩！”阿克斯说着，一步一步靠近跳台，“他确实弱，像只小鸡仔一样，但他属于我们！”

“咯，咯，咯。”米奇开始学鸡叫。接着大家也都加入了鸡叫大合唱。我并不在意。事实上，我还有点儿享受。这让我想起了过去的时光，美好的时光。

我的朋友们走到岩壁边缘，已经开始活动脚趾，准备跳下去了。

“小心，你们这些家伙！”我在他们身后几英尺远的安全地带大喊，“安妮？小心滑倒跌下去。不要潜水！跳就行了！阿克斯？像炮弹那样落下去就够了！你也是，克里斯托弗！喂？你们能听到我说话吗？”

他们转过身来，真的在朝我的方向看。

果真听到我的话了？

一瞬间，四个人的脸上都露出一丝好奇的表情，就像那只叽叽喳喳的小鸟。

又是一瞬间，他们就又转过身去朝向湖面了。

“为了芬恩！”安妮一边喊一边跳了下去，脚先入水。

“芬恩！”阿克斯、米奇和克里斯托弗喊道。

所有人都跳了下去。

米奇当然是个例外。他是头朝下跳下去的，做出了一个完美的、堪比奥林匹克运动员的跳水动作。

这当然是因为他会跳。

8. 我的趣事

我的朋友们没在湖边逗留太久。

实际上，他们只是跳了一次水（对米奇来说则是一次极其危险的燕式跳水），然后爬回岩壁上方，抓起自己的衣服穿上。在一个极其感人的（也是湿漉漉、黏糊糊的）集体拥抱之后，他们骑上自行车各自回家了。

他们都很伤心。我也是。我伤心倒不是因为，说真的，不是因为我死了。只是我让他们遭遇了这么难过的事，我为此感到难过。当然，这也不全是我的错。那个开车把小孩逼下悬崖后逃逸的司机也要负一部分责任。那辆恶魔货车，那个速度狂人，那个在我身后急吼吼开车上山的疯子。

但没有人知道他（或她）的存在。我说过，我没能看清司机的样子。我没空回头看，因为我从山脊路上连栽两个跟头、掉下悬崖了，还记得吧。

我决定跟着克里斯托弗回家。其实，与其说这是一个决定，不如说是一种条件反射。每次我们去完湖边，我都会跟他回家。

大家骑自行车沿着车道嗖嗖往下，我闭上眼睛，再次睁眼的时候——呼！

我站在欧文斯家的车道上。自打五六岁起我就经常站在这里喊："克里斯托弗今天能出来玩吗？"此时，我看着眼前那些早已看过无数次的物件，却像是第一次看它们，比如车库上方装的篮球筐。其实那只是一个铁圈，自打克里斯托弗和我从他哥哥那里接管了这个沥青球场后，球筐上就一直没有球网。我们也从来没想过做一个球网。

我仍然搞不清楚幽灵的行动原理，但不得不说，到目前为止，在一瞬间从一处移动到另一处对我来说是相当容易的。而且事实证明，我能穿过门。没错，我能直接穿过实木的房门，走进克里斯托弗家。

我预期——哦不，我盼望着——我将会看到欧文斯家一如既往乱糟糟的样子。克里斯托弗有四个兄弟：汤姆、杰夫、史蒂夫和比尔。是的，他妈妈在七年内生了五个男孩，能组一个篮球队，有时他们还会在室内打球，特别是雨天。他们在房子两边各放置了一个废纸篓当篮球筐——一个在活动室，一个在客厅，在室内扣篮时用的也是正规的斯伯丁篮球，这很棒。但也确实把家里搞得乱糟糟的。

欧文斯先生和欧文斯太太（做交通报道的直升机飞行员）任由孩子们在家里疯跑玩闹。只要在学校表现良好，在家里他们想怎么玩儿就怎么玩儿。欧文斯家的教养方式似乎很有效。我说过，克里斯托弗，也就是欧文斯家的老三，是个天才，也是我们学校最聪明的孩子。两个哥哥是高中里最聪明的。两个弟弟呢？一个是世界上最聪明的六年级学生，另一个的学业成绩打破了小学纪录。

在克里斯托弗家玩的时候，有时候我会想请我爸妈来看看他家一团糟的样子。“看到了吗？他们在狂奔。他们玩得多开心。他们笑疯了。但谁也没受伤。而且他们带回家的是全 A 的成绩单！”

但我从来没迈出这一步，我只是把克里斯托弗家当作我的避风港。在欧文斯家的几个小时里，我不必为我爸妈忧心的那些事情而忧心。

可是，在我的葬礼之后，欧文斯家的孩子没有疯跑。他们坐在活动室里玩大富翁，在棋盘上慢慢地滑动棋子。不对劲儿。通常来说，欧文斯家的大富翁游戏场面和室内篮球赛一样疯狂。如果你买了一家酒店，而汤姆或杰夫是银行家，他们会猛地把钱扔给你，咋咋呼呼的。你忙着掷骰子的时候，比尔会尝试偷走你那些橙色的五百元钞票。史蒂夫最绝，如果他快要破产了，他会直接把棋盘掀翻。在欧文斯家，大富翁通常是一项彻头彻尾的身体接触运动。

但今天不一样。

他们静静坐在他们爸爸那张铺着褪色的绿色毡布牌桌旁。欧文斯夫妇坐在躺椅上，眼神空洞地盯着电视屏幕，而电视屏幕上什么也没有。房间里的能量似乎被抽空了。他们的家、他们的生活变得毫无生气。因为我。

他们看起来很难过，好像都拿了一张“关进牢房”卡。

最后，兄弟里最小的比尔开口了。

“嘿，妈妈？还记得你用直升机带克里斯托弗和芬恩飞上天的那次吗？”

她咧开嘴角笑了笑，然后大笑起来。

“那是克里斯托弗的十岁生日。”她回忆说，“芬恩不想让我起飞，他问我能不能就在停机坪上待着，让螺旋桨转一转就可以了。”

“他想让直升机变成超市门口那种儿童摇摇车吧。”汤姆说。显然，他以前听过这个故事。

“他一直在找硬币槽。”克里斯托弗开起了玩笑。

“或者关闭按钮。”杰夫也笑着说。

确实。他们说得没错，我的确那么做了，还问了很多关于重力的问题。

“后来我们在空中盘旋的时候呢？”欧文斯太太问。

“芬恩的脸比底下的树还绿！”史蒂夫喊道。

我胃里有些发紧。欧文斯家的每个人都知道克里斯托弗十岁生日时那次航班事件。我像一个传奇人物。在欧文斯家，这成了一件家庭趣事。

“他虽然没吐出来，”克里斯托弗笑着说，“但我们到达查克芝士餐厅之后，他一块比萨也没吃！他问门口的那个大老鼠[1]有没有治恶心的药，给小孩吃的那种。”

全家人笑开了。

我也笑了。

多有趣啊。多希望我能回到过去再晕一次飞机，好让我“第二个家庭”里的每个人展露笑颜。我的突然离世给欧文斯一家带来了阴影，对此我感到很内疚。

对我自己的家人，我的内疚感更深。

是的，我确实有一些未竟之事要处理。

不能再拖下去了。

我得去看看妈妈、爸爸和查理。我得回家。

---

①查克芝士连锁餐厅的吉祥物是一只大老鼠，会有人穿着老鼠玩偶服在门口与顾客互动。

9. 不敢回家

然后我就回到自己家了。

但我没有使用瞬间移动的方法回家。

我是走路回去的。我想这可能是我最后一次经过三个街区，从克里斯托弗家走回自己家了。这段路我走过无数次。而且我需要时间想一些事情。

死了之后，我想了许多事情。

我生前过得好吗？我对世界做了什么贡献吗？爸妈会原谅我吗？没有了哥哥，查理会怎么样？也许阿克斯能保护他。

回家是一件很苦恼的事。爸妈对我会很失望吧。我不仅死了，还是以他们眼中很蠢的方式死掉的。他们肯定这么觉得。

夏天快要到了，院子里鲜花盛开。我以前从没有好好闻过它们。香气扑鼻！是的，我确实花了些时间在院子里闻玫瑰花。以前每次经过这儿的时候，我或许都应该停下来闻一闻花香，但我每回不是急匆匆地跑去克里斯托弗家，就是赶在五点半晚餐铃声响起之前奔进家门。

我总是急匆匆的。现在呢？我有用不完的时间来怀念活着时忽略的事物。

我在前门廊上站了几个小时，我不敢进门，想着要不要回克里斯托弗家。然后我走到前院那棵大橡树下消磨了些时间——爸妈从来不让我爬这棵树，因为我可能会掉下来伤到自己。哦，我在山脊路上就是这样，掉下去伤到了自己。他们说得对，掉下去会很糟。

但我想看看我能不能穿过门以外的坚固物件——确实能。然后呢？试试汽车？汽车能直接穿过我的灵魂吗？货车呢？也许在山脊路上被货车追赶之前我就死了。也可能我还活着。

算了，想这些没意义。我不能再拖了。

我回到前门廊，又盯着前门看了一会儿。

这还是我的家吗？我感到疑惑。我是说，我其实已经不在这里“住”了。所谓“住”的前提，是我还活着。

我想我应该问爷爷一些关于“新家”的细节，不管他想带我去哪儿。那条隧道的尽头是什么样的？还有，他们晚上会不会关掉那盏耀眼的灯，好让大家睡觉呢？说到睡觉，死去的人还需要睡觉吗？我有很多问题想问。思来想去，我在门廊上又待了至少十五分钟。

呃，不过我觉得时间已经扭曲了。我感觉里的十分钟或十五分钟，对活着的人来说可能只是几秒钟，也可能是几天。

不能再拖了。

我必须直面我最怕面对的事情。

对我来说这很困难。因为多年来我一直过着规避风险、躲避危险的生活，我没有积累勇气，更缺乏直面恐惧的经验。我的朋友们说得对，我仍然太弱了。

我就是个弱小的小鸡仔。

咯，咯，咯咯。

10. 是思念啊

最后，我终于走进门，走进我住了十三年的家。

门厅的一侧与客厅相连。我一边走着，一边在心里暗自抖机灵：是的，此刻身处这个生活空间里的孩子已经不能继续“生活”了。

我回忆起以往的每个圣诞节早晨。我家的圣诞树总是摆在客厅里那扇大飘窗前面，外面就是街道。当然，那是一棵人造树，我之前说过，上面挂的是永远不会发热的那种 LED 灯。如果用老式彩灯装饰真树会有火灾隐患。电线的延长线太多也不安全。取暖器和各种冬天用的东西一样，都容易造成火灾。

我会怀念圣诞节的。我甚至会怀念妈妈藏在树后面的松香味清新剂。

现在肯定是五点半，不看钟我也知道。

妈妈、爸爸和弟弟查理正坐在客厅旁边的餐厅里吃饭。闻着好像是奶酪通心粉，还有某种我们以前从没吃过的炖菜，我猜是邻居亲朋送来的。挺好的。一直都有人在做好事，可是说实话，我以前基本没注意过。

“你要来一块面包吗？”妈妈问爸爸。

“不用了，谢谢。”

“帮我拿一下盐好吗？”查理问道。

“少放点儿，”爸爸递给弟弟一个银色小瓶，“吃太多盐会得高血压。”

“还会让你水肿。”妈妈补充道。

好吧，我知道你在想什么——老兄，你爸妈真是太拧巴了。如果管得再严格一点儿，你家的气氛和缠紧的麻花辫儿没什么两样了。

我会这样回答：嘿，放过他们吧。他们的大儿子刚去世。

我爸妈不是坏人。他们只是谨慎的人。

他们还穿着丧服，所以我猜现在仍然是星期六。

“我们忘了做祷告。”妈妈说着，放下手中的银质餐具。

他们伸出手彼此握住，在餐桌上围成一个圆。我意识到，因为没有我坐在妈妈右边、爸爸左边的位置，一家人想围成一个圆有点儿困难。这个圆缺了一环。

他们越过我的空位牵起手，妈妈又开始哭了。

“可怜的芬恩。”她轻声说。

查理也开始抽泣。“我也想他。”

爸爸往后退了退，将自己的餐巾折叠整齐放在腿上。最后，他在椅子上坐直身体，终于控制住自己的情绪，开口道：“这一切本不应该发生的！”

11. 爸爸哭了

爸爸的话匣子打开了。

“他本该更小心一些的。我总是告诉芬恩要谨慎点儿。”

妈妈点了点头，伤心地说：“是的，亲爱的。你总是这么告诉他。”

“当然，可没有人听我的，真的很遗憾。我天天和数字打交道，我的工作就是计算生活中的风险。”

爸爸在一家大型保险公司上班。他的职位是所谓的“精算师”。至于工作内容？就是运用统计学计算人们的平均死亡年龄、撞车或房子烧毁的概率，然后用统计学魔法估计这些悲剧会造成的经济影响。

“他不该这么小就死去，”爸爸继续说，“自行车是造成儿童与青少年受伤的首要原因——概率接近三分之一。但这并不会造成死亡。自行车导致的死亡在五十至五十九岁的成年人中更常见。”

这就是爸爸处理情绪的方式——将其隐藏在堆积如山的事实和数字之下。他懂得很多统计学知识，涉及生活中几乎每一个方面。例如，你知道捕鱼是全美国最危险的工作吗？有一天晚上我们正在吃鱼糕，爸爸分享了相关的数字：渔业工人的伤亡率远高于卡车司机、屋顶建筑工人、电线安装工，甚至高于煤矿工人。

爸爸的肩膀耷拉下来，泪水在眼眶里打转。

我的朋友们会用幽默化解悲伤情绪，但爸爸一直在尝试用统计学来抵御悲伤。我感觉到，他用数据打造的铜墙铁壁开始坍塌。

“我想念他，”他哽咽着说，“我想念芬恩。我的孩子，我的儿子。”

爸爸哭了。他把脸埋进手心，大哭起来。

查理有些吓到了。我们的爸爸是不会哭的，哭的往往是妈妈。可现在，他哭到停不下来。过了一会儿，妈妈和查理也开始哭起来。

你能想象吗，眼看着你的弟弟为了你泪流满面？那种感受简直是世界上最糟糕的。

我再也看不下去了。太悲伤了。太太太悲伤了。

我转身离开餐桌，将目光投向爷爷的一张照片。它裱在相框里，挂在餐厅墙上——那面墙上挂满了我家人的照片。有一些很老很老的照片，已经褪色发黄。那些面孔看着我，他们都是爱尔兰人，是我们的祖辈，是麦卡利斯特和奥基弗（我妈妈的家族）家的人。这里面有一半的面孔我确实不认识，但我想我很快就能见到他们了。

突然，麦卡利斯特爷爷的照片动了起来。

12. 未竟之事

“你准备好了吗，芬尼根。”相框里的麦卡利斯特爷爷向我发问，“你的未竟之事完成了吗？”

我十分惊慌。一个已故祖辈从他生前的肖像里对你说话，真够吓人的。

“也许吧，”我说，“我是说，其实还没有。没有完全搞定。我还是有一些事情要做，一些我可能很久以前就应该做的事。”

麦卡利斯特爷爷从墙上走下来，注视着我的家人——他的儿子、儿媳和仅剩的孙子查理。他们都在悲痛欲绝地哭泣。他们如此伤心，这都是我的缘故。

“你还有什么没做完？”他问。

我鼓足勇气问道：“爷爷？”

“嗯？”

“为什么我爸是这样的人？他总是紧张兮兮，怕东怕西的。”

“你的父亲自有他的理由。”爷爷只说了这一句话。

他用瘦骨嶙峋的手召我过去，他身后的墙变成了一道光亮的隧道。“你得离开这里了，”他说，“走吧。”

他背转过去走入隧道，为我带路。

我意识到，我即将做出一个重大决定。

我可以和爷爷一起去见餐厅墙上挂着的已故祖辈们，像葬礼上牧师说的那样升入天堂领取赏赐——不管是什么赏赐。

或者，我也可以成为一个无形的幽灵伴随在朋友和家人身边，直到我准备好继续前行，直到完成所有我觉得尚未完成的事，那些让我迟迟无法离开人世的事。

突然，爸爸双拳重重砸在桌子上，银质餐具和水杯里的冰块叮当作响。

“芬恩怎么就这么蠢？他就非得逞英雄吗？他还想骑自行车跳过悬崖上的石墙？他以为自己是电子游戏里搞极限运动的家伙？他在想什么啊？”

啊！我有些惊讶，我内心的想法是：事情不是这样的，爸爸！压根儿就不是！

当然，我是唯一知道真相的人。

这时我突然意识到了我的未竟之事是什么。

我得调查我的死因，找到杀害我的凶手。我得想办法让爸爸（以及全世界）知道，我的死并不是我的愚蠢造成的，而是有一个高速驾驶着恐怖片里那种货车的疯子，他（或她）在山脊路上追赶我！

我会证明这一点的。

虽然还不知道该如何证明，但我会做到的，哪怕我完成这件事后就要离开这个世界。

是的，我想这就是我要做的最后一件事。

“对不起，爷爷。”爷爷已经走远了，我对着他的背影喊道，“我现在不能跟你走。我得留在这儿，我要找到杀我的凶手！”

爷爷继续向前。

光亮消失了。

我只能靠自己了。

第三章

可疑的人

13. 冰激凌店

我离开家，漫无目的地在路上走着。

最终我出现在了冰激凌店。我搞不太清楚自己是怎么以及为什么会来这里，但我来了。冰激凌店已经关门了，柜台后面的发光时钟显示现在是三点钟。凌晨。外面的街道漆黑一片，空无一人。

只有我和冰激凌。四十五种不同口味的冰激凌。如果算上果味雪葩口味就更多了。但拜托，谁会把雪葩算作冰激凌？

我还活着的时候，唯一吃过的冰激凌是香草味的，可能还有撒了些巧克力碎的，可从来没有尝试过菜单上面那些五花八门的口味。但现在，我眼前就是冷柜，里面的冰激凌桶都是打开的。各种各样的冰激凌颜色鲜亮，还有像小旋涡一

样点缀在上面的坚果碎、巧克力碎、棉花糖和糖果。

我知道我应该去寻找杀害我的凶手，但我也想小小地享受一下生活，品尝所有的冰激凌口味。

于是我就这么做了。主要是因为，我觉得如果用那把小小的粉色塑料试吃勺从玻璃柜后面一字排开的桶里分别舀出一勺来，其实不会有人注意到。店员不会打电话请灭虫公司或捉鬼敢死队来。不过，如果我像往常一样狼吞虎咽地吃上两大勺香草冰激凌，那可就难说了。

我一路走过去，试吃草莓、巧克力、咖啡、奥利奥、芒果、椰子、抹茶甚至牛油果味的冰激凌。我还试了几样更狂野的味道：巧克力口味搭配椰肉、杏仁、巧克力碎，黑莓口味搭配双份巧克力布朗尼，曲奇口味，棉花糖口味，还有搭配花生酱、拐杖糖块和早餐麦片的冰激凌。而且，我甚至尝了树莓雪葩。

每一样都很棒！

结果证明，选择使用粉色试吃勺是个好主意。应该不会有人发现我来过这里。

我意识到，为了保护自己的名声，这次明智的思考是一个好的开始。我要向爸爸以及全世界证明，我不是因为骑自行车时做了什么蠢事才摔死的。我得学学我爸，学会分析，倒不是涉及统计学、绘图、计算器的那种分析。我只是想变得更有逻辑，要像夏洛克·福尔摩斯那样寻找凶手，完成我的未竟之事。

比如，追赶我的那辆黑色货车是谁驾驶的？有没有留下刹车痕迹或者轮胎印？此时此刻，我多希望自己看过《犯罪现场调查》。

我不得不问自己一个可怕的问题，一个经常出现在谋杀案里的问题：我有……仇人吗？

说实话，思考“谁可能想让我死”这种问题很没意思，而且非常令人压抑。我从来没有做过遭人恨的事，从来没有。

我得冷静下来。是的，我得放松一下，玩会儿电子游戏。

唰！

我又回到了我家前院。

我抬头看了看二楼卧室的窗户，不知道我的游戏设备还在不在。爸爸妈妈会不会因为我的越野自行车游戏大发雷霆，把游戏机丢进垃圾桶？

我飘浮到半空往房间里看。

是的，你没看错：飘浮。别问我是怎么做到的，我确实飘浮起来了。

总之，飘浮的过程还是不错的。但透过卧室窗户看的景象呢？有点儿糟。

14. 凌晨四点

我的游戏机还在原处。我房间里的其他东西也是如此。我团成一团的袜子还在地板上，旁边是我这一周穿过的脏内裤，衣橱门前堆了一堆鞋子。海报、书、台灯和成堆的游戏盒子都还在我六月六日离开家出门上学时的位置。

我的房间正迅速变成《侏罗纪公园》中凝进一大块琥珀里的蚊子，或是一位已故名人曾住过的房间。爸爸妈妈会不会在门口挂一条红色的天鹅绒绳子，让人们站在走廊里观摩我生前的物件，审视我留下来的乱糟糟的生活？如果是这样，我之前真应该把脏衣服都收拾了。

我的卧室，我的整个家，都沉浸在悲伤的情绪里。以往如果我的哪个朋友看上去很沮丧，而我试图让他们振作起来时，我会说："怎么？又没有人死掉。"

呃，好吧。这一次有人死了。而且是我自己。

我知道我家不会是一个有趣的地方，所以我去了克里斯托弗家。不过我不是去那儿给他捣乱的（除非万圣节之前我仍然没有完成未竟之事；在万圣节吓一吓朋友应该挺酷的，我的装扮肯定无人能及——即使没有人能看到）。

我得离开我家去别人家，好暂时忘掉自己是个死人的事实。

我路过克里斯托弗家客厅里的老爷钟，现在是凌晨四点。我不想吵醒克里斯托弗或是他的兄弟以及父母。实际上，我也不确定我能不能做到。别人还是听不到我发出的声音，只是存在一些奇怪的联系，但可能只是巧合而已。安全起见，我下楼去了他们的活动室。那里有电视和电子游戏机。

我看了几个小时的网络电视频道。克里斯托弗家订阅的流媒体服务超级多，可我家只有最基本的有线电视。

看完第二部电影后，我听到了脚步声和咖啡机运作的咯咯声。欧文斯一家醒来了。我只好暂时搁置玩电子游戏或是看《星球大战》的打算。

我小心翼翼地走上楼。幸运的是，我往上走时楼梯木板没有吱吱作响。是的，我可以飘浮，或者瞬移到欧文斯家的厨房，但不知为什么，还是走路的感觉更好。婴儿迈出第一

步时，周围的人多么兴奋啊！可是几个月后，这个神奇时刻过去之后，大多数人都将走路看作一件理所当然的事了。仔细想想，这其实是一个奇迹。就像我说的，我最近一直在思考。

我走到楼梯顶，闻到了培根的香气。还有咖啡。最重要的是，还有煎饼！

这是克里斯托弗家的星期天早晨！

15. 去看电影

我在餐厅里和克里斯托弗、他的妈妈还有他的兄弟们一起等待，他的爸爸正在厨房里为大家做煎饼。闻起来很棒。面糊吐着泡泡，培根嗞嗞作响，枫糖浆冒着热气，黄油正在融化。一如既往地，我努力让自己不流口水。每次在克里斯托弗家过夜，第二天早上我总能吃上一摞他爸爸做的煎饼。

一旦流口水，我担心欧文斯先生会看到地板上出现一摊水，以为他家屋顶漏水了。幽灵流的口水跟真正的液体一样吗？不知道，我也不想知道。

欧文斯兄弟把糖浆瓶传来传去。等传到最小的比利手上时，瓶身非常黏稠，和比利的手黏在了一起。史蒂夫将瓶子一把扯过去，发出了嘶啦一声。

“你的手放屁了吗？”大哥汤姆开玩笑说。

欧文斯一家都笑了，欧文斯先生和欧文斯太太也不例外。不知道为什么，我觉得很难过。我想是因为我爸从来不会因为这种放屁笑话而发笑。他只会眉头紧锁，让你无地自容，恨不得消失在餐桌底下。

欧文斯太太翻开周日的报纸。

“我们今天可以去看看电影，”她建议，“看一部能让我们高兴起来的电影。”

她建议看一部浪漫喜剧，欧文斯先生想看一部间谍惊悚片，孩子们想看的也各不相同。这时我才意识到：所有电影我都可以看！只需要穿过影院里各个放映厅之间的墙壁就可以了。

商场里的电影院一共有十六个放映厅！

我很想在去之前吃一片培根、尝一口煎饼，但这么做可能会吓坏我的朋友——飘起来的培根和突然出现缺口的煎饼还是挺惊悚的。再说了，我吃了那么多冰激凌。电影院里还有爆米花呢！

星期天早上的电影院人还不多，但电影十一点才开始。我穿过电动玻璃滑门——以往它都会自动打开，但现在不会了，因为它感应不到我，也没有人给我检票，因为工作人员也看不到我。至少大厅里的气味和以前一样，你懂的——爆米花被踩进地毯里散发出的味道。

我走进1号厅。我想我可以从1号厅一直看到16号厅。我算了一下，发现这大概需要三十二个小时，对我来说不错，因为我不用睡觉。但那些操作数字放映机的人呢？时间一到他们可能就得回家了，和家人在一起，没准儿也去看一场电影。

所以，我得精挑细选。

我走进的第一间放映厅正在放一部限制级电影。要是我还活着，毕竟我才十三岁，一直到十八岁以前，我都不能在没有父母或其他监护人的陪同下看这样的电影。我爸爸肯定讨厌这部片子，因为里面有各种危险的特技——摩托车跃过屋顶，有人悬吊在直升机上，爆炸。

实际上，这部电影让我有些反胃。可能现在这个年龄看确实不太合适。尤其是，影片里的一场车祸让我想起我自己的事故。

我决定提前离场，放弃这部可怕的电影，穿过墙壁去隔壁的放映厅看看。

屏幕上是唱歌的动物，还有炫酷的电脑特效，为那些动物配音的都是有名的歌手。我确定那只土拨鼠的配音演员是那个赢得所有格莱美大奖的女孩，但为了验证这一点，我留下来看了一遍开头。哦，没错，是她，我看到她的名字了，就在片头的字幕里。

嗷！下次记得打转向灯，伙计。不然你的汽车保险费会飞涨！

然后我穿过另一面墙，看了一部俗气的喜剧。很蠢，但蠢得很精彩，赢得了不少笑声。

其中有一个人的笑声引起了我的注意，不仅仅因为他是黑暗影厅里笑得最大声的。

那是我的朋友米奇！

16. 我的卧室

米奇好像在和艾比约会。艾比是啦啦队成员之一，她喜欢看米奇在比赛中触地得分或者投进三分球。

两个人正咯咯笑。

米奇假装打了个哈欠，看似随意地伸出手臂，搭在了艾比肩膀上。这么一来，他基本就是在抱着她了。我能说什么呢？这家伙的招式一气呵成——不管是在运动场上还是运动场外。

我永远不可能像米奇那样。我胆子太小了，我可能会用拿可乐的那只手做打哈欠动作，把冰块倒在女孩后背上。

但我本来还是想尝试一下的。不急，也许等到上高中的时候。

我会想念没有读过的高中。一定会。

“谢谢你跟我一起来。”米奇在艾比耳边轻声说道。是的，我就悬浮在他们身后的一个空位上，因为我是隐形的，所以在他们看来这里是空的。“我需要找些乐子……毕竟……你知道的……经历了昨天的葬礼。”

米奇一副哽咽的样子。

艾比说：“一切都会好起来的。”她亲了一下米奇的脸颊。

够了。我得换个厅看下一场电影。

我说过，我想在电影院待到多晚都可以。是的，明天周一，是上学日，但我明天一早不用去学校！往后的每一天都是假期。

到了午夜，电影院停止放映了。我看着工人们清扫爆米花、收集皱巴巴的可乐杯、刮掉黏在地板上的薄荷糖，这些场景有些无聊。

不过，如果你第二天早上不必为了任何事情起床，甚至不需要睡觉，夜晚就是充满活力的。这少不了一台电子游戏机！只要我愿意，我可以玩一整晚！

所以，在花费十二个小时连续看了六部电影之后（好吧，我一共看了三部儿童动画片之类的），我决定回家。

回我自己的家。

我担心如果去克里斯托弗家的次数太多，我会变成一个捣蛋鬼。就像一部电影里讲的那样，捣蛋鬼会被困在一个地方无法离开，惊扰那里的人。我不想困在克里斯托弗家的墙壁或阁楼上，还得每天晚上制造恼人的噪声。

所以我瞬移回家，飘回我的房间。一切都保持原样，和之前一样。

我启动游戏机，开始玩越野自行车赛，我知道爸妈一定很讨厌这个游戏，但它其实很有趣。玩了大约有五分钟，那些跳跃和特技动作开始让我想起自己在山脊路上的失败尝试。我想，以后我还是玩一些没有危险性的游戏吧，比如糖果连连看或是经营一家餐馆什么的。

突然，吱呀一声，我的卧室门打开了。

是我爸！

17. 游戏噪声

“芬恩？”

他的声音听上去有些惊恐。他看了看游戏机显示器，发现它发着光，是开启状态，一辆正在做跳跃特技的自行车悬在半空。我能听到游戏配乐，很有节奏感。我确定爸爸也听到了，现在是凌晨一点，事实上，他可能就是被游戏里这辆越野特技车呜呜的声效给吵醒的。

糟了。在克里斯托弗家，电视放在地下室里，没人能听到这些噪声（比如五花八门的爆炸声和《星球大战》里的管弦乐）。可在我家，我的卧室就在爸妈卧室隔壁。

我向后退了几步，穿过书桌，想躲在桌子后面。爸爸正盯着我的方向看，似乎识破了我的伎俩——如果他能看到我的话。

此刻我希望自己能更透明一些！

爸爸皱起眉，大步冲过来。他伸出手指，仿佛要掐住我脖子，训斥我死得太蠢了。

至少我是这么认为的。但他只是把我的游戏机从桌子上拽了下来，猛地一扯，把所有线都扯断了，显示器也东倒西歪。

“该死的游戏，”他低声道，“就是你害了芬恩！”

这台游戏机很贵，是我从小到大得到的最贵的圣诞礼物。爸爸将它夹在腋窝下，跺着脚走出我的卧室。我想他是打算把它带到车库扔进垃圾回收桶。在此之前，他还会用大锤子把它砸成碎片。

有一点我觉得挺奇怪的——爸爸并没有去想游戏机为什么会开启。他可能觉得这种设备总是会自动开启，它们邪恶、令人上瘾，引诱孩子们去做一些不计后果的蠢事，比如骑自行车表演死亡特技。

18. 一个拥抱

现在我知道了，如果想玩电子游戏或者看动作电影，我只能把声音调小一些，或者戴上耳机、耳塞之类的。但我不确定是不是有用。

这样一来，周一的凌晨我就没什么可做的了。希望太阳能快点儿升起吧。然后，唰！太阳就升起来了。

我不觉得是我把太阳拽出来的。

自古以来，太阳都是自行升起落下。不过我觉得我现在能把时间轴上的速度调快，而对大多数八年级学生来说，时间总是过得很慢。我们急着长大，但从没想过长大后要怎么办。现在的我到达了人生游戏的最后一站，我多希望原先的生活能够慢下来，多希望我曾经没有那么着急长大。

我不想留在原地黯然神伤，这样太老土了。所以我决定去学校，尽管我不需要去。这大概只是一个坏习惯吧。不然星期一的早上七点还能做什么呢？而且，我也想跟我的伙伴们多待一会儿，也许他们中的谁已经听说了有关货车司机的蛛丝马迹。这时我才意识到，我本来应该去调查谋杀案的，但却跑去看电影、玩游戏。

是的，谋杀案才是我应该集中注意力解决的问题。我所有的成绩单上都写着我有“注意力不集中的问题”。老师们说得没错吧。多希望我当时能好好聆听他们的教诲，因为再也没有人能教我这些了。

我飘出卧室——有史以来第一次，我没有担心自己去学校前的发型或穿着怎么样。我沿着人行道飘了一会儿，来到安妮家。从一年级开始我就和她一起步行上学。她出来了，看上去很漂亮，一如既往。但今天她好像也很悲伤。她垂着头，肩膀耷拉着。

我意识到，她是看不到我的。在她的世界里，这是她第一次在没有我的陪伴下步行去学校。她看了看我家的方向，好像我只是晚了一小会儿，马上就会跑出前门，嘴里嚼着果酱饼干说：“抱歉，抱歉，抱歉。”每次迟到我都会这么说。

她叹了口气，抹去眼泪。

“芬恩已经走了，安妮。”她安慰自己，听上去像教练在中场休息时给队员们打气，“他再也不会回来了。你知道

吧？他已经走了。死了。你得面对现实，姑娘。”

哎，我想，她对自己有点儿苛刻。

我伸手环住安妮。不是想学米奇在电影院的举动，我只是觉得她需要一个拥抱。

我的手臂落在她肩上的一瞬，她颤抖了一下，甚至连牙齿也开始打战。

是我的缘故吗？安妮能感觉到我的存在吗？

我不是有意要吓唬她，也没想让她起鸡皮疙瘩。也许我作为一个幽灵，并不能掌控一切。

没错。在某些方面，死后跟活着没什么两样。

19. 可疑的人

生活中的一些事情永远不会改变——即便死了也一样。

安妮独自往前走，她低着头，戴着耳机，双手插在连帽衫口袋里。我了解安妮，这就是我印象中的“悲伤暴走”。她还是在想我，我心里又甜又苦。我猜这就是人们发明“苦中有甜”这个词的原因吧。苦中有甜的不仅仅是巧克力。

眼下就有一件永远不会改变的事。

安妮走到我们街区的尽头，向右拐去。

杜森道夫家的两兄弟弗兰克和乔正在等她。和往常一样，他们手臂交叉放在胸前；和往常一样，他们挡在了人行道上；和往常一样，他们的行为举止特别浑蛋。

“啊，你为什么这么伤心，安妮·屁屁？”弗兰克故意学着婴儿的声调说。

安妮仰起头，目光锐利地瞪他们。

“你为什么这么浑蛋，弗兰克？”

“哟，”两兄弟里正在读高中的哥哥乔说道，“她说得对。我们不能再拿女孩的屁股开玩笑了，学校不允许这样。这种规定很烂，但规定就是规定。”

“好吧，”弗兰克说，“你为什么这么伤心，安妮·巴妮妮？是因为你男朋友一头栽下悬崖，摔碎了头骨，然后死翘翘了？”

“太糟了，”乔嗤笑道，“但我很好奇，芬恩·麦卡利斯特是蠢货还是胆小鬼啊？每次你们碰到我俩，他总是畏畏缩缩的。”

这是真的。杜森道夫兄弟总是能吓到我。安妮倒是勇敢得多，每次被他们捉弄的时候，安妮通常会讲一些笑话让他们大笑不止，转移注意力，忘记捉弄我们。

等一下……

乔·杜森道夫正在读高中，已经十六岁了！可能有驾照。他家甚至可能有一辆黑色货车。难道我们的恶霸邻居上演了有史以来最严重的一次校园霸凌？把我赶下公路的会不会是这两个疯子？我是说，绝对有这个可能性。这两个家伙一直在少年犯罪的边缘徘徊，他们是危险分子。

今天的安妮好像没有强势反击。也许是因为她太难过了，讲不出笑话。

所以她决定跑开。她冲到大街上，沿着马路狂奔。

“嘿！”弗兰克喊道，追了上去，“你还没给过路费！”

“把你的午餐拿出来，给我们些好东西！”乔说着，也开始追逐。

我的速度比他们都快。我在街上“飞”，直至飞到了安妮和那俩紧追不舍的浑蛋中间。我落地后转过身，举起双臂大喊道：“停！离安妮远一点儿！”

两兄弟听不到我的声音，也看不到我。

事实上，弗兰克——那个圆滚滚、汗涔涔的家伙——从我身体里穿过去了。好恶心。弗兰克·杜森道夫穿过我无形的身体，给我一种烂泥从手指间渗下去的感觉。

但他打了个冷战，就好像人们穿过一张没留意到的蜘蛛网时那样。寒意令他放慢脚步。我尽力了，安妮只能靠自己了。

幸运的是，她跑得很快。如果不是觉得那些“运动员之类的事”很无聊，她绝对能成为越野队的明星。然而，跑到离中学最近的那条人行道时，她慢了下来。

杜森道夫兄弟还在全力追赶。

直到他们看到了阿克斯。

没错，阿克斯，我们那位温柔的巨人伙伴，他是学校十字路口警卫队的成员。警卫队特意为他定制了一条反光腰带，因为他的体形太大了。

“早上好，安妮，”阿克斯说，“有什么麻烦吗？”

“没事了，”她笑着说，“现在没事了。”

阿克斯瞪着弗兰克和乔。

他什么也没说，也不需要说。每个人都知道他有多讨厌浑蛋。杜森道夫兄弟吗？那简直是超级大浑蛋。

“嗯，周一愉快，弗兰克。”乔说，声音有些颤抖。他在假装自己是一个尽职尽责护送弟弟上学的高中生。

然后他就跑开了。

第四章

四个月前失踪的女孩

20. 回到学校

现在，我有了第一个嫌疑人。

乔·浑蛋·杜森道夫。我一定得去查查杜森道夫家车道上都停了什么车。如果确实有一辆黑色货车，凶手就浮出水面了。但也不一定，毕竟马路上有很多黑色货车。

不管怎么样，这是个开始。

但我不打算现在就去追查这条线索，好吧，因为我有些心猿意马。如果你也是个回到了学校的幽灵，你就知道这有多不可思议了。我不但可以穿过铁门，看大家都往他们的储物柜里藏了什么（有些人的柜子里可真是够花哨的），我还可以跟我的朋友们待在一起。也可以去找其他人——那些跟我没关系的小团体。这是一个收集八卦的好方法，一丝消息都不会漏掉。因为没人看得到我，所以当我悄悄走到正在窃窃私语的同学们身后时，他们不会停下来。第二节课铃响之前，我就探听到了比以往所有时候都多的八卦。

我还听到了很多关于我的讨论。

“太惨了。他真的叫芬恩吗？《哈克贝利·芬恩历险记》里那个名字？”

“我一直跟他不太熟。”

“我们一起上英语课，好像是吧。”

“他为什么要做这么蠢的事？”

“山脊路应该封起来，那里太危险。”

我决定按往常的时间表行动。我知道，我知道，我应该去上那些之前没有上过的课，学那些从没想过好好学的知识。但请记住，我其实还是芬恩，是我爸的儿子。我从不冒险，我害怕风险。

不过我确实享用了所有口味的冰激凌。所以，也许我明天会尝试做一些改变吧，也许去上一些以往课程表里没有的课，应该还不错。就明天了。如果我明天还在的话。

总之，和往常一样，第一节课，我走进基默里老师的课堂。她是教科学课的。

基默里老师先是问大家是否有关于我的问题！芬恩·麦卡利斯特！关于我的死！是的，关于我的死，同学们有什么感受，基默里老师想知道是否有人想聊一聊。

然后，哇，大家都想聊。我有点儿惊讶。我从来没有意识到这个班上有这么多孩子认识我。他们提出的很多问题和我一直疑惑的一样——为什么会发生这种事？是怎么发生的？我的家人还好吗？

大家说了不少对我的赞美之词，这让我有点儿哽咽。我都没意识到这个班里知道我们一起上过课的人会有一半那么多。可是当一个叫南希·隆巴多的女孩（班里的活宝人物）一开口，这个温暖的泡泡就破了——她想知道学校是否会为了悼念我而停课一星期。

基默里老师瞪了她一眼。

"抱歉，就当我没说。"南希表达了歉意，然后坐回自己的座位。

说实话，成为大家关注的焦点有点儿尴尬——先是在走廊里，又是在教室里。我环顾四周，想脱离他们的讨论，找点儿别的事做。然后我的目光落在了基默里老师放在教室前面那个真人大小的人体骨骼模型上。以我目前的状态，长时间盯着这玩意儿看可不是什么好主意。

所以我把目光投向了窗外——学校的中央庭院花园。那是一个被圈起来的小公园，里面有几棵树、一条小路和几把长椅。同学们有时会去那里测量降雨量、种植物或检查蝴蝶喂食器。

但吸引我注意的不是蝴蝶。

而是一个女孩。我好像认得她。

我想她的名字是伊莎贝拉。

伊莎贝拉·罗哈斯。

没错。四个月前，所有人都在谈论伊莎贝拉·罗哈斯，而不是我。她的名字和大头照随处可见，甚至出现在户外广

告牌上。四个月前，她是本州最有名的失踪儿童，但至今也没人知道她到底遭遇了什么。

也许我知道。

因为我刚刚看到伊莎贝拉·罗哈斯穿过了一棵树。

21. 失踪女孩

没错，伊莎贝拉·罗哈斯变成了吓人的幽灵，和我一样。

我透过朝向庭院南侧的窗户看她，她的脸正贴着东侧一间教室的窗户。

出于好奇，我穿过墙上的窗户，溜出基默里老师的教室。放在教室窗台上的乌龟缸正好穿透我的肚子。我悄悄接近那个女孩，发出的声音比风吹过树林的沙沙声还要小。

我慢慢走到她身后。她的头发又长又直，黑得像墨水。她还戴了一顶针织滑雪帽，穿着一件毛衣。因为她早在二月时就被报告失踪了。现在是六月，没人会在六月戴滑雪帽，除了咖啡店的咖啡师。

她身体前倾，脸正在穿过玻璃窗。

我不想吓到她，但我真的很好奇。她真的跟我一样是个幽灵吗？我能和她说话吗？如果我说了，她会听到吗？

当然，我不太敢一下子问出这些问题，但我还是尽可能地鼓起勇气说："呃，嘿。"

她猛地转过身，把脑袋从玻璃里面抽出来。转身的过程中，她的脸唰地变成了太妃糖的颜色，但马上恢复如常。她巧克力色的眼睛睁得大大的，看上去吓坏了。

恭喜你，芬恩。我心想，你正式完成了身为幽灵的首次惊吓任务。

"你——你——你是谁？"她结巴着小声说道，我差点儿没听清。

"芬恩·麦卡利斯特。"我说着，对她行了个愉快的二指礼。我不知道自己为什么要这么做，可能是因为紧张。总之，当时我觉得行二指礼是个好主意。（但可能不是。）

她往后退了几步，把自己一半的身体藏进学校墙壁里。我想我的手指礼吓到她了。

我张开双臂，示意她不必害怕。

"我已经死了！"我试图解释，（这也许是第一次有人用这种说法来安抚别人。）"我可以穿过树！"

她递来一个疑惑的眼神。

"树？"她说。

我指了指身后。“就像你刚才那样。你是伊莎贝拉，对吧？伊莎贝拉·罗哈斯？”

“是的。”

“你是在二月失踪的，对吧？”

她闭上眼睛点了点头，好像有些羞愧。

“好吧，那你为什么还在学校里晃荡？”

她耸耸肩，回答道：“好问题。”她目光四处游移，打量着我们周围，沉默了好一会儿。

“你是八年级的，对吗？”我问。

“你肯定有很多问题想问。”她狡黠一笑，“这些问题你应该在我失踪前问的。”

“哦。对不起。”

她耸耸肩。“我那会儿跟现在一样，是隐形的，没什么存在感。”

“那么，你，呃，是在看望你的朋友们吗？我现在就是这样，跟我的朋友们待在一块儿。”

她看了我一眼，说：“我没什么朋友。你忘了？我还活着那会儿就没人搭理我。”

“哦。”我有些错愕，连我这样的书呆子都有四个朋友呢！“一个也没有吗？”

“没有。我总是一个人在食堂吃饭，坐在班级后面的角落，也从来没有加入什么社团或者课外活动。”

“那么，呃，希望你不要介意我的问题，那你为什么会在这儿？我是说，我知道你是一个幽灵。呃，跟我一样。但你为什么要来学校里晃荡？”

她耸耸肩。“学校让我觉得安全，有亲切感。我是说，我不能回家，在那一切发生之后。而且我不敢面对现实，我不知道接下来会发生什么。如果在天堂里我也没有朋友可怎么办？”

有些奇怪，我差点儿脱口而出：嘿，我会成为你的朋友。我们有很多共同点。毕竟我们都死了。

但是——呃。

还是算了，可别让整个局面往诡异的方向发展。

22. 奇异能力

“啊，那个……”我对她说，“我很想跟你一起玩，不过，呃，我还有些事儿没做完。”

我自己还有一堆问题，真的不想管她的事。

“我得……那个……去处理一些破事儿。必须要做的事之类的。”

“哦。”伊莎贝拉低头盯着自己的帆布鞋。我注意到，她的鞋面上满是螺旋形的涂鸦。“我也有……没完成的事。”

啊。我心想，她是四个月前失踪的，可能那时候就死了。但她依然有未竟之事？居然还没有完成？

这怎么可能？!

但我没有问出来。我只是说：“哦，好的。我了解了。挺好的。”

是的，在和安妮以外的女孩说话时我总是会蹦出这些词儿来。

“是的。挺好的。”伊莎贝拉跟我差不多，也挺“健谈”的。

总而言之，她走她的路，我过我的桥。

我知道我应该去调查山脊路上发生的事，追踪凶手，但说实话，做一个幽灵实在是太——这样说合适吗——太新奇了。我好像没办法专注于主要任务。还有太多我一直想在学校做但从没做过的事情。

比如，我可以混入女生当中，偷听她们平时会聊些什么。哦，不不。尽管我是一个幽灵，但这样做太诡异了。

但我可以去“禁区”教师休息室看看。我一直很好奇那里是什么样子。所以我穿过大厅的墙壁，又穿过几个储物柜，去看传说中的教师休息室。

好的，我到了。老师们有两台自动售货机！里面是膨化食品之类的零食。他们还有一个冰箱。我的头穿过冰箱门，看到很多塑料容器，上面贴着名字标签。看来基默里老师今天的午饭是昨天剩下的某种泰式面条。老师们还有一台微波炉，一台咖啡机，一盒剩下一半的甜甜圈，以及各式各样有趣的马克杯。有这么好的休息室他们居然还盼着下班回家，真是奇怪。

盒子里还有一个甜甜圈裹了糖霜。我的最爱。

如果吃一小口，会有人注意到吗？实际上，我可能会把它整个都吃掉，老师们只会认为是其他老师干的。

我伸手去拿。

突然，甜甜圈冻住了，糖霜变成了凉凉的冰霜，就好像刚从冰箱冷冻室里拿出来，冻得硬邦邦的。看着眼前的甜甜圈，我想起之前给安妮带去的寒意，还有弗兰克·杜森道夫穿过我的身体时打了个冷战。

是的，吃冰激凌的时候确实没问题。但那本来就是冷冻食物。

有意思。这大概是我的超能力？就像那个《X 战警》中的冰人？

我看到其中一个马克杯上贴着斯卡格斯老师的名字。那是杯架上最无趣的一个杯子，因为他是学校里最无聊也最刻薄的老师。

我看了看冰冻甜甜圈。

又看了看斯卡格斯老师的杯子。

我有一个有趣（虽然有点儿恶劣）的主意，让他的课堂气氛活跃起来！

23. 数学课上

我迅速穿过教师休息室的窗户，飞过庭院，左转穿过砖墙，溜进斯卡格斯老师的数学课堂。

果然，斯卡格斯老师站在教室前面，在白板上讲解某个几何问题。他的说话声单调乏味。米奇以前开玩笑说："斯卡格斯在成为老师之前是个催眠师，所以他很擅长把人哄睡。"

这是第三节课，克里斯托弗和安妮都在这堂课上。斯卡格斯老师画了一堆相交的线，又在相交处点上点，加上字母做标识。他的动作非常非常慢，讲述也一样很慢。

"这是 G 点，这是 H 点。我不打算用 I，因为它看上去像小写的 L，会引起混淆。出于类似的原因，我也不会用 J……"

克里斯托弗在打哈欠，安妮也昏昏欲睡。每次从打盹儿中清醒过来，她的头都会猛地向后顿一下，然后赶紧收住，免得下巴撞到胸口。

斯卡格斯老师接着絮叨：“所以，我会直接跳到 K，接着是 L，因为我没有用 I 或 J……”

得有人给斯卡格斯老师提提神。

于是，我站到他身边，微笑着向另一侧跨出一大步——我直接从他身体里穿过去了。

“这些线全都相交于……呲……呲。”

他哆哆嗦嗦，晃了晃脑袋，好像我刚才把他的大脑给冻住了。但他的絮叨声还是没有停下来。

“角 GNF 的度数是——”

我又一次穿过他的身体。

“6——6——60 度。”

他的牙齿在打战。

“然后——”

我猛地再次穿过斯卡格斯老师。

“角 M——N——L 的度数是——”

他浑身打战，就像只穿了条内裤在户外的暴风雪中讲数学课。我的朋友们都在笑，全班都集中精神看着他。这是有史以来斯卡格斯老师最有活力的一次！

“房间里很冷吗？”他突然问道，“还是我的身体出了问题？”

不！我想说，是因为我！

我跳起来，又从他身上穿了过去，像芭蕾舞演员一样动作夸张地落地。斯卡格斯老师全身颤抖起来，抖得很厉害，手里的笔都掉了。同学们哄堂大笑，有的孩子甚至鼓起掌来。是的，死了之后，我成了一个优秀的艺人。

当然，我生前绝对不会做这么大胆的事，风险太大了。在我认识的人里，米奇是唯一一个能做到在教室里搞恶作剧但又不会被惩罚的人。他熟练掌握手指弹脸颊的水滴音效，即便被抓个现行，他迷人的笑容也会让老师们一笑置之。

到了第四节课，我去上社会学。因为斯塔布菲尔德是个超棒的老师，她能把一切变得有趣，甚至能让“冷战”这样的话题变得有意思——说起来，我刚刚对斯卡格斯老师也发动了“冷战”。我在教室里徘徊，心里突然涌出一股情绪：我会想念斯塔布菲尔德老师，还有她来不及教给我的一切。

我永远也不会去上高中了，也上不了大学。有很多东西我永远也学不到了。

铃声响起，午餐时间到了。

我心情沮丧地穿过墙壁向大厅走去，在一群八年级学生间穿梭。

他们中的一些人突然开始发抖。因为我不小心穿过了他们的身体。

24. 古尼先生

穆尼先生是学校校长，就是来参加我葬礼的那位。他站在办公室外面，表情严肃地告诉走廊上往食堂奔跑的八年级学生“慢一点儿”，提醒他们“不可以在走廊上跑”。

我站在他旁边，模仿了几个校长式的愤怒表情。他双手扣在背后，我也把双手扣在背后，像企鹅一样大摇大摆地走。穆尼先生没看到我在取笑他，其他人也没有。我想从他身上穿过去，让他也像斯卡格斯老师在课堂上那样来一场打冷战表演，但说实话，我开始感觉无聊了，总不能一直玩这一招。

这虽然是我的特技，但一遍又一遍地玩就有些无聊了，所以我不再模仿校长的表情和姿势。可一瞧穆尼先生，却还跟刚才一个模样。

他叫了几个人的名字，其中包括克里斯托弗。

“欧文斯？”

克里斯托弗停下来，看了看自己的脚。

“穆尼先生，怎么了？”

“我跟你说话的时候，请看着我的眼睛。”

“好的，先生。”克里斯托弗抬起视线，微微一笑。

“对你朋友奎恩身上发生的事，我感到很难过。”

“芬恩。”

“你说什么？”

“他的名字叫芬恩。芬恩·麦卡利斯特。”

穆尼先生看了一眼他塞在衬衫口袋里的便条。“对，芬恩。抱歉。”

哇哦。他来参加了我的葬礼，却连我的名字都不知道？拜托，葬礼上的名牌上有写啊。这个家伙！看来确实是这样，在掉下悬崖变成幽灵之前，我在这所学校里就已经是隐形的了，跟伊莎贝拉·罗哈斯一样。不过，我有克里斯托弗、安妮、阿克斯和米奇——一共四个，我有四个朋友呢！

“如果我们能做点儿什么……”古尼先生……我是说穆尼先生这样说道。嘿，谁让他忘了我的名字……

“谢谢您。”克里斯托弗说，“我没事。我们没事，会尽力应对的。”

这就是克里斯托弗，总是拿 A+ 的学生。我们其他人只能“应付”的事，他都能“应对”。

但他的语气明明很难过。这件事对他来说很难接受。我们是朋友，好朋友，最好的朋友。我们是书呆子兄弟。现在，我仍然能看到他，但他看不到我。这不公平。哥们，我真希望自己没去山脊路骑车。

我耷拉着肩膀，跟着克里斯托弗走进食堂。

“怎么了，欧文斯？”弗兰克·杜森道夫的声音从一张桌子旁传来，他周围坐了一群笑嘻嘻的蠢货，“为你‘女朋友’的死伤心吗？”

克里斯托弗眯起眼睛。

阿克斯立马走到他身旁。

“算了，克里斯托弗。”阿克斯说。他体形太高大了，在弗兰克·杜森道夫身上和他那张桌子上投下大片阴影。“别因为杜森道夫这种人生气。”

“是啊。”米奇昂首阔步走过去，给了克里斯托弗更多支持，“我是说，瞧吧，这家伙还在喝盒装果汁。”

安妮也走了过来。“也许我们应该凑钱给你买个奶瓶，弗兰克。”

我的朋友们围在克里斯托弗（他终于笑了）身旁，把他护送到一张桌子旁。我们的桌子。

“这帮笨蛋！”杜森道夫对他那帮朋友嘀咕道，“而且，这盒果汁？是一个六年级学生送给我的，免费的，因为他感激我。”

“为什么要感激你？”一个叫洛根的家伙咕哝道。午餐时他总是和杜森道夫坐在一起。

“为了感激我和我哥乔饶过他们。他们居然敢不交过路费。”

他的伙伴们轻蔑地笑了。

杜森道夫吸了一口盒装果汁。别问我原因，总之我决定向这个纸盒猛吹一口气。是的，我虽然不呼吸（没有必要），但事实证明，我仍然可以正常地呼气。

果汁盒冻住了。

杜森道夫的脸垮了下来。看上去他正试图通过一根小小的吸管吸食冰块。

“冷战”还在继续！

我的下一站是哪里来着？杜森道夫家。

我真的得去看看弗兰克的哥哥乔是否有一辆黑色货车。

25. 两张照片

但首先……

是的，我的“但首先”太多了（毕竟这很可能是我在世上的最后几天）。

我想我还是在生爸爸的气，因为他把山脊路上发生的事故怪在我身上，而他真正应该责备的也许是杜森道夫兄弟。那两个家伙没准儿真的是大反派。

所以，在去检查弗兰克和乔家车道的路上，我绕了个小弯——瞬移到爸爸在市中心的办公地。我在人行道上站了一会儿，盯着那座巨大的玻璃摩天大楼。有几个人经过，穿过我的身体后，他们都开始颤抖。有一个人抖得厉害，甚至还打了个喷嚏。要直接飘浮到爸爸位于二十三层的办公室吗？我有些害怕。实际上，我站在那里抬头望了很久，一辆热狗车轰隆隆穿过我的身体（一部分热气被寒冷冲掉了）。

我想知道爸爸是不是还在责怪我。

也许他发现了一项新的统计数据。我记得刚收到那辆托尼·霍克自行车的时候，他就给我列了一堆数据："男性发生自行车事故的可能性远高于女性。相比其他年龄段，十到十五岁的孩子发生危险的可能性更高，因为他们会在初中阶段开始炫耀自己的高危险度行为。"

没错，爸爸很擅长把一件事变得无趣。

我叹了口气，决定走到他的办公室。是的，我可以飘上二十三层，再穿过玻璃幕墙，但我得一路闭着眼睛。

于是，我溜达着穿过旋转门（没有跟着门旋转），和一个家伙一起上了电梯。电梯里只有他一个人。他按下一个数字——今天是我的幸运日，他也要去二十三层！如果他要上到更高的楼层，一会儿就会出现尴尬的情况，他会好奇到底是谁想让电梯停在二十三层，但又没有人进出。

门关上了，电梯运行到三层的时候，这人放了一个很响的屁。真恶心。我死的时候嗅觉怎么不跟着一起消失啊。转脸一看，那家伙却一脸的解脱和满足。

终于到了二十三层。电梯门打开，一位女士走进来打算下楼，我注意到了她脸上痛苦的表情。她快被熏出眼泪了。幸亏她看不到我——电梯里只有一个人，证据确凿。看来他

我敢说那位女士此刻也希望自己能马上死掉！

昨晚吃了太多豆子卷饼。

我飘过前台，路过表情异常严肃的会计师、精算师和保险销售员。这些男人和女人全都穿着白色衬衫和深色西装。

我以前从来没去过爸爸的办公室，所以不得不仔细查看那些贴在米色门上的小名牌。我知道爸爸不在格子间里，因为他搬到一间真正的办公室那会儿，我们家小小地庆祝了一番（一起吃香草冰激凌，每人两勺）。

我在一个棕色的塑料门牌上发现了“麦卡利斯特”。爸爸不在里面，但我还是飘进去看了看。

他办公桌后面的文件柜上整齐摆放着厚厚的统计学书籍。他还有一台外观很酷的电话，上面有不少按钮。桌上有两张用相框裱起来的照片，一张是去年的圣诞全家福。另一张是一群男人，他们都穿着迷彩服，在沙漠中的一辆军用卡车前摆造型，卡车的散热器格栅上还绑着一个巴特·辛普森娃娃。

其中一个家伙应该是年轻时的爸爸。

我差点儿认不出来，特别是他脸上的笑容。

我从来不知道爸爸以前在军队待过。

我想我们都有秘密。

26. 寻找证据

所以，这是另一个谜团，留待之后再解决。

因为爸爸不在办公室，我便瞬移到了杜森道夫家。降落在他家车道上时，我感觉到有人正看着我。这是一种很不寻常的感觉，因为没人能看到我，所以怎么会有人看着我呢?

我忽略这种感觉，开始四下打探。柏油路面上没有停放汽车。于是我穿过车库门，看看里面有什么东西。

当然有一些东西：一大堆园艺工具、一个工作台、堆成山的箱子。还有这些乱七八糟的东西围着的、正中间停放的货车!

一辆白色小货车。这是那种足球妈妈可能会开的车，她开着这种车接送喜欢踢别人和到处乱踢的儿子去练足球。

但我要找的是一辆黑色货车。如果杜森道夫太太有一辆白色货车，杜森道夫先生不大可能开一辆黑色货车。而且，我想我基本可以认定杜森道夫家的大儿子乔没有自己的小汽车或小货车，不然他和弗兰克怎么会每天早上步行去学校？如果你在高中时有一辆车，你肯定会开着它出去炫耀。除非那是一辆被父母淘汰的老款旅行车——这种车藏还来不及呢。

杜森道夫兄弟在我的“货车疯子嫌疑人”名单上下降了好几位。但我面临着一个更大的问题——这个名单上没有其他人。

溜出车库之前，我做了一个小实验，用指尖碰了碰小货车的后挡风玻璃。哇！那里出现了一圈冰霜。几秒钟后它就消失了，但我确信了一点——我可以在现实世界里做一个临时标记。

我制造出两个冰点，又围着它们画了一个圈，然后给我的简笔画加了一个巨大的微笑。

我创造了我的第一个冰霜笑脸。

手指从挡风玻璃移开的几秒钟后，笑脸消失了。

但谁知道呢？说不定我用指尖制造出的冰霜会派上用场。尤其是在我需要告诉警察谁把我赶出马路、让他们通知我爸爸的时候！

发现这种与活人交流的简陋形式之后，我有点儿兴奋。

我溜出车库，走到车道上。

又一次感觉到有人在看我。

原来是伊莎贝拉·罗哈斯。另一个幽灵小孩。

我看到她在隔壁家的院子里，但我假装没看到。她躲在一棵树后面，毫无藏身技巧可言。我看到树干两侧有几缕头发。

我猜伊莎贝拉对我很好奇。

这不能怪她。她已经失踪四个月了，而且一个朋友也没有，不管是生前还是死后。但我的任务不是找个新朋友，而是找一个开黑色货车的疯子。

我决定无视伊莎贝拉，回到犯罪现场。唰！只是想了一下，我就回到了山脊路。

我沿着陡峭的山路攀上山顶，眼睛紧盯着黑色的柏油路面——我翻过防护墙的地方附近。我在寻找车辆刹车时的轮胎印。可不幸的是，我看到了许多轮胎印，但不知道哪一个能告诉我那辆货车的情况，或者说，这些证据是否与我正在寻找的那辆车有关。

沮丧之余，我直起身往四周看了看。

我距离自己翻下山崖的位置有大约十码远。猜我看到了什么？你绝对不信——

人们在灌木丛跟前的地面上摆了许多鲜花、成排的蜡烛、许多只气球、成堆的毛绒玩具，这是他们纪念我的地方。这一切当然让我感到吃惊，但更不可思议的是，我爸也在那里。

第五章

回到生命中最后的时刻

27. 13号公路

爸爸把我小时候睡觉时抱着的毛绒兔子放在一只泰迪熊和一束白玫瑰中间。

哦，他叫“趴耳朵兔子先生”，因为他的耳朵软趴趴的。但这不是重点。

总而言之，这就是我爸没在办公室里的原因。他来到了这个临时纪念场所悼念我。

“我想你，芬恩。”他低声说，“但我不懂你为什么要做那么——对不起，孩子——那么蠢的事。是因为同伴压力[①]吗？是你的哪个朋友让你这么做的吗？有研究表明，其他同伴在旁边的时候，青少年冒险的可能性更高。你才

① 一种心理压力。为了避免被排挤，渴望被同伴接纳认可，一些人（尤其是青春期孩子）会选择按照同伴规定的规则思考或行动。

十三岁……”

天哪。现在，我是真的、真的、真的得把将我赶下悬崖的货车给找出来。爸爸开始把我的遭遇怪罪在我朋友头上了。

“真好，”身后传来一个轻柔的声音，“你爸爸记得你小时候最喜欢的玩具。”

我转过身去。

是伊莎贝拉·罗哈斯。

“那只兔子叫什么来着？”她问道。

“不关你的事。”

“一只毛绒兔子，叫这样的名字很奇怪。”

“你为什么要跟踪我？”我突然很生气。

她睁大眼睛，好像害怕我冲她发火。呃，我想我刚才确实有一点儿火气上涌。

“嗯，我也不知道，”她说，“已经很久没有能跟我说话的人了，我好长时间没说话了。很抱歉，我只是觉得你可能也需要找人聊聊。”

“听着，”我告诉她，“这是我和我爸的父子时光。”我朝爸爸的方向打了个手势。

但他已经不在那里了，而且，天色突然暗了下来。

很明显，我们的时间发生了跳跃。我不确定是我触发的还是伊莎贝拉触发的，但太阳渐渐消失在西边的松树背后，现在应该是晚上八九点的样子。爸爸已经回家，而且吃完了晚饭。

“真是谢谢你。我爸走了。”我看了伊莎贝拉一眼，“你还跟我去了弗兰克和乔他们家，是吧？我看到你躲在那棵树后面。你的头发都露出来了。”

她紧张地捋顺自己的头发。我紧盯着她，我是说，我狠狠地盯着她。因为我还是无法相信自己正在跟一个诡异的幽灵说话——而且我之所以能做到这一点，是因为我也是一个诡异的幽灵！

“对不起，我打扰到你了。”伊莎贝拉说着，看向山谷下方，望向距离我们一百英尺远的尖锐岩石。

“那儿，”我告诉她，“我就死在那儿。”

她看着我，似乎想告诉我一个秘密。

但我猜她最后改变了主意。

因为她跑掉了！她一溜烟地冲下山，我追了上去。她到底要去哪儿？我是死了，但你也不能偷偷跟着我再随便聊几句然后跑掉啊。

我跟着她飞奔下山。我意识到，我确实需要跟她聊聊。

伊莎贝拉成为幽灵的时间比我长。她可能知道一些幽灵专用的技巧，我可以学来用在调查中。她的速度可能也比我快，因为我跟不上她，即使我已经像一个会飞的女巫一样疾驰了。可她的速度更快，像一颗子弹。

我来到山脚下的十字路口，红色的信号灯正在闪烁。这就是为什么从山脊路陡峭的斜坡骑自行车上去非常困难，因为你必须在十字路口停一会儿，然后重新起步向上蹬。

我拐到右边，向 13 号公路奔去。我说不清原因，只是预感伊莎贝拉走了这条路。

天色渐暗。这条双车道柏油路布满车辙，两侧是茂密的树丛，很像那种会有幽灵跳出来攻击来往车辆的路段。我眯起眼睛寻找，但没找到伊莎贝拉。

最后我看到她了。

她就在我身前，我们大眼瞪小眼。

28. 成为朋友

她从黑暗中跳了出来。

我来了个“急刹车”。如果我的胸腔里还有一颗跳动的心脏，那现在可能已经心脏病发了。伊莎贝拉和我对视着，在空旷的公路中央飘浮。除了草丛里蹦出来的蟋蟀，周围空无一人。

“你为什么要跟踪我？”她质问道。

“这是我先问你的问题，”我反问，“你忘了？”

“什么时候？”

“哦，大约 1 分钟前吧。”

“如果你还不走开，”她说，“我就要大喊了。”

我耸了耸肩。“喊啊。尽管喊。”

伊莎贝拉果真大声喊叫，超大声。但除了我没人能听到，一群鹿不慌不忙地穿过公路，连它们也听不到。

这一刻我很希望米奇在这里。不是说我希望他死，而是米奇知道该怎么和安妮以外的女孩交谈。我？我不是很在行。

“好吧，”我举起双手，表示自己没有恶意，“你先冷静下来。”

“冷静？”她的声音还是有些尖锐。

“是的，冷静点儿。我站在你这边。我们是一队的。我们都是死去的小孩。”我挥了挥拳头，像举着一对隐形绒毛球的啦啦队长，“加油！”

她瞪了我一眼。

我又模仿了一次啦啦队摇绒球的动作，她终于笑了。我放下双手，学着米奇扮酷的样子把手随意地插进牛仔裤口袋里。

“你接下来打算去哪儿？”伊莎贝拉问。

“我不知道，也许应该去找警察。但之后再说吧，因为我还没有什么可告诉他们的，至少现在还没有。哦，嘿——玻璃一被我的手指碰到就会结霜，你试过吗？”

她点了点头。“一车的孩子都被我吓到了。当时我敲了敲后车窗，但大家的反应出乎意料，很多人开始尖叫，惊慌失措地冲向前门。”

我们相视而笑。

“我想到时候我可以用制造冰霜的方式跟警察沟通，”我告诉她，“但我不会制造尖叫和慌乱，因为，那什么，我有事情要告诉他们。”

“什么事情？”

“关于杀我的凶手。”

“真的吗？有人杀了你？是说那种谋杀犯吗？”

“我敢肯定。不过严格来说，可能是过失杀人，而不是谋杀。我在外面骑自行车，有人把我赶出山脊路，然后我就掉下了悬崖。”

“那太可怕了。”

“我知道。我就是当事人。嘿，你呢？你是怎么……去世的？”

她脸上又闪过那种恐惧的神情。“我不记得了。”

“不记得了？”

“我之前记得，在刚发生的时候。但现在看来那已经是很久以前的事了。”

呃，你没事吧？我想，那只是四个月前。我们在说的是二月份的事。

但后来我意识到，死亡可能会造成遗忘。活着时需要的一切死后就没了意义，你会开始放下包袱。

但我有点儿喜欢我的包袱，特别是装着我朋友们的包袱。

“那……”我学着米奇的样子闲聊道，“你住这儿附近吗？”

她轻声笑了笑。“现在不是了。”

“是的，”我笑着说，“我也一样。”

“我以前住在橡树街，这我还记得。”

“当然，”我说，“我知道橡树街。我住桦树街。我是说……”

“你以前住在桦树街。”

“对。我敢说你经常回你家，是吧？”

伊莎贝拉摇了摇头。“没有，我从来没有回去过。”

“真的假的？从没有过？我死后马上就回去了。”

伊莎贝拉叹了口气。“我害怕。爸妈肯定会对我有看法。”

“为什么？”

“我也不记得了。反正一想到回去看他们，我就会浑身发抖。我越来越担心，我特别特别害怕……”

“所以你才会去学校晃荡吗？”

“是吧。我在学校虽然一个朋友也没有，但那里给我一种熟悉感，也不像家里那么令我害怕。而且我喜欢蝴蝶花园，我觉得蝴蝶能看到我。”

“好吧，我的任务是查出杀害我的凶手。”我告诉她，“我知道发生了什么事情，现在我要做的就是挖出细节，尤其是找出凶手是谁。”

伊莎贝拉点了点头。“要是我也能记住发生在我身上的事就好了。那样我就不会那么害怕跟家人告别了。”

“嗯，也许这就是我们依然在这里徘徊、互相跟踪的原因。也许我们应该互相帮助，完成彼此的未竟之事，然后不用再做幽灵了。我不是介意你在我周围晃荡，也不介意跟你在一起待着。我的意思是，不管怎么样，到目前为止我还不介意。”

她又笑了。“谢谢你。”

我们俩都笑了。不用只和蟋蟀的叫声作伴，能有人跟我一起笑，真好啊。

伊莎贝拉看了我一眼，眼神很友好。“我喜欢和你一起——”

砰！

伊莎贝拉倒抽一口气。

可能是因为爷爷突然跳了出来。

29. 并肩战斗

“时候到了！”

伊莎贝拉后退几步。“他是谁？”

“我爷爷。”我告诉她。

“他一直都这么大火气吗？”

“嘿，给他留点儿面子吧。他已经死了，而且他做鬼的时间比我们长。”

“对不起，先生。”伊莎贝拉说，“我没有不尊重您。”

爷爷一脸不高兴。“这个女孩是谁？”

“她是伊莎贝拉·罗哈斯，”我说，“她是在二月失踪的，而且她现在也死了。”

“失踪和死都是在二月。”伊莎贝拉解释道，“我觉得是这样。我忘了细节……”

“我身上也会发生这种事吗？”我问爷爷，“我也会开始忘记生前的事吗？”

爷爷没理我，他甚至没正眼瞧我一下。他的双眼是乳白色的，发着光，正盯着我头顶上方某个雾蒙蒙的空间。

“我是来护送你的，芬尼根，”他宣布，“你是麦卡利斯特家族的人。跟我来。”

他转过身去，周身被另一条隧道的光线环绕着。

“时候到了！”他又一次吼道。（他真的很爱重复自己说的话。）

他开始向光亮处行进。“跟我来，芬尼根。”

我转向伊莎贝拉。她看起来很害怕。

“别怕，”我告诉她，“他只是我的灵魂向导。”

“为什么没有人来引导我？”

“嗯，也许有，只是你忘了。”

“我很怕，芬恩！我忘了那么多事。而且你的爷爷太吓人了。”

“是的，我也怕他，有一点儿。但克里斯托弗的妈妈曾对我说过一句话，希望你也能记住。‘恐惧才是真正的敌人’。”

“克里斯托弗是谁？”

“我的好朋友。”

“嗯，他妈妈说得对。现在的我完全被恐惧打败了。”

爷爷的身影已经飘到隧道中央，他这才意识到我没有跟上去。

他转过身来。

“芬尼根。”这次他在下命令，态度很强硬，“过来。跟我来。立刻！”

他的声音很严厉，比爸爸最严厉的时候还要严厉。

我看了一眼伊莎贝拉，她在发抖。

“不要离开，”她轻声说，“求你了。孤独比死掉还糟。”

“芬尼根？”爷爷开始大喊，“跟我来！”

我咬紧牙关，说了一个我可能早就应该对别人说的字。

“不。”

沉默的气氛漫长而尴尬。

爷爷终于打破沉默。“你说什么？”

“我不会跟你走，爷爷。”我告诉他。然后不知为什么，我伸出手握住伊莎贝拉的手。“我要留在这儿，直到伊莎贝拉和我都完成未竟之事，不管要花多长时间。”

“最后一次警告你。我如果现在离开，就不会再回来了。”

我点了点头。“好的。我明白。你可能还要引导其他灵魂……”

爷爷高举双手，像牧师在祷告仪式结束时为会众祝福一般。

“你要靠你自己了，芬恩·麦卡利斯特。你要靠自己了。”

他转身走了。光线变暗，爷爷像晨间的雾气一般消失了。

伊莎贝拉紧紧握着我的手。“他说得不对，芬恩，”她轻声说，“你并不是只能依靠自己。我会陪着你。”

30. 回到过去

爷爷离开了，可能永远不会再来了。

我和伊莎贝拉站在黑暗的村镇公路上，谁也没有说什么。我们放开了彼此的手。我想我们都迷失在自己的思绪中了。

我在想克里斯托弗妈妈说的那句话。我刚刚把这句话送给了伊莎贝拉——“恐惧才是真正的敌人”。欧文斯太太说得对。可不幸的是，将我生命带走的正是这个敌人。

如今，掌控我死后命运的依然是这个敌人。

说实话，其实我一直害怕揭开山脊路事件的真相。我想这就是我一直在拖延的原因——我在学校里玩闹，跑去参观爸爸的办公室，和伊莎贝拉一起晃荡，就是希望得到一个简单的答案，比如杜森道夫兄弟就是凶手。

到底谁想让我死？

是谁把我赶下悬崖？

谁应该为我的死负责？我必须向爸爸表明这件事不是我的错，也不是我朋友的错。

“谢谢你留下来。”伊莎贝拉说。

“别担心。”我告诉她。之前我总听米奇对姑娘们说这句话，但我没模仿出他说这话时的眼神。“也许我们可以互相帮助。我觉得在完成未竟之事之前我们俩都放不下这一切。所以，也许我们可以一起来完成。”

“好。我愿意，芬恩。”

然后，最奇怪的事情发生了（别忘了，整个死亡事件已经超级奇怪了）。

我被吸进了一段闪回里，就好像被一个不断旋转的旋涡带入一个完全不同的时空里。而且伊莎贝拉并没有和我一起闪回。

这里不是晚上，而是下午。我在山脊路上独自骑车。又在骑车。我正奋力爬坡。

原来我是在重新体验生命中最后的时刻。

我往后看了看。

那辆笨重的黑色货车在公路上飞驰，直奔我来了。

我辨不清司机的样子，只能看到一个身影。突然，一道

闪光出现，就像有人在自拍。我趁机看清了那是一个上了年纪的男人，戴着一顶帽子。是卡车司机帽吗？也许。

可怕的货车越来越近，越来越近。

车牌号看不太清，但我知道那是一个明尼苏达州的车牌。我这辈子见过好多明尼苏达州的车牌，底部写有“10,000 lakes”（万湖之州）的字样。

车牌第一个字母是 M。

货车的前保险杠正逼近我的后轮。

第二个字母是 V。

恐惧刺痛着我的每一寸皮肤。慌乱中，我心跳加速。我从来没有这么害怕过。

第三个字母是 S。

我吓坏了，随即闭上眼睛，绷紧身体，为即将到来的撞击做准备。

但我并没有飞出悬崖。

呼吸慢下来之后，我小心地睁开眼睛。

我又回到了 13 号公路上，旁边是伊莎贝拉和漆黑的夜色。

她看上去跟我刚才一样害怕。

“你还好吗？”她问。

我想说，不怎么好。我死了，你忘了吗？但我没有。

“没事。”我说。

“刚才发生了什么？”她问，“你好像在这里，又不在这里。”

“我不知道，”我告诉她，“但我想我刚刚找到了第一个有力证据！”

31. 车牌号码

“证据？”她问。

“关于我的未竟之事——找出把我赶出公路的凶手。不知怎么的，我回到了过去，见证了自己被杀的过程。我看到了凶手。”

“是谁？”

“一个开着恐怖黑色货车的恐怖老头。”

“你认识他吗？”

“我不觉得。我是说，我没有认出他是谁，我只是在一瞬间看到了他的脸，当时有光闪了一下。他看上去挺老了，有六七十岁，还戴着顶卡车司机帽。我不太认识住在这附近的老人，除了我的奶奶，当然，以前还有我的爷爷。”

“就是那个在光之隧道里的古怪老头，你的灵魂向导。”

“没错。我的外公外婆住在佛罗里达。”

“我的也是，”伊莎贝拉说，“很多人的祖父母都住在佛罗里达。”

“是啊。也许他们应该把州标语从‘阳光之州’改成‘祖父母之州’。”

这个小玩笑让我想起明尼苏达州车牌底部印的蓝字：万湖之州。

“我还看到了车牌。这辆货车来自明尼苏达州，车牌号的前半部分是字母‘M–V–S’，后面是这个州的轮廓图，紧接着是三个数字。但我没看清那些数字……”

这比《财富大转盘》还难。我可以买一个元音字母吗？

“嘿，这才刚刚开始。”伊莎贝拉鼓励道。

“是啊。可惜那家伙没有用自选车牌，比如‘IDIDIT’[①]之类的，这样就很容易辨别了。”

伊莎贝拉笑了。她的笑容很好看，亲切柔和。我觉得她生前可能并不经常这样笑。我有些好奇她的死因，她是不是也有一个凶手要追查呢？

“你打算怎么追踪这个车牌？”她问。

“不知道。我的意思是，我不能去找警察，难道我要在随手找到的玻璃或镜子上用指尖画出‘M–V–S’字样的冰霜吗？我这么做，他们会联想到斯蒂芬·金电影里的镜头吧，肯定会抓狂的。就算没有心脏病发，他们应该也搞不清楚‘M–V–S’是什么意思吧？我得想一个能迅速传递信息的办法，告诉他们‘这是一个车牌号，正是这辆货车把我赶出了公路’。但是这文字量可不少……”

“你会想出办法的，芬恩。我觉得你很聪明。”

“谢谢。如果必须得完成一些事情，我会变得超级专注。你应该看看我在交作文前一晚的样子。你呢？你还没告诉过我你的未竟之事是什么。”

伊莎贝拉低头看她的球鞋，那双画满涂鸦的帆布鞋。

① 即 I did it. 意为“我做的”。

“这件事……嗯……有点儿私密，实际上非常私密。我还是不谈了。”

“哦，”我说，“当然。比如你得跟你的男朋友说再见之类的？”

她摇了摇头。“我从没交过男朋友。”

“哦。我也是。我的意思是，我从没交过女朋友，认真的那种。我有女生朋友，但是，嗯，从来没有过女朋友。实际上，我只有一个女生朋友，她叫安妮。我可能对她有好感，但从没告诉过她。现在我有点儿觉得，如果当时告诉她就好了。”

“我有很多后悔没做的事情。”伊莎贝拉说。

“是的，”我说，“我也是。”

我们俩静静想了一会儿。遗憾？确实会有。那些没有完成的事如今再也没机会做了。相信我，死了可真够郁闷的。

“M–V–S？”最后，伊莎贝拉开口问道。

“啊？”

“货车的车牌。是以 M–V–S 开头的？”

“对。”

“我会留意的。”

“谢谢。你要去哪儿？”

她耸了耸肩。“我不知道。”

“嘿，你帮我找货车的时候，也许我可以帮你完成你要做的事。”

“不用了。这是我的未竟之事，我得自己完成它。”

“你确定吗？我很乐意帮忙。”

“谢谢你，但我需要自己去做。回头见，芬恩。”

她转过身走了几步，消失了，像爷爷那样不见了。

女生啊。我活着的时候就搞不懂她们。

死了也还是搞不懂。

32. 黎明时分

第二天是星期六。

我能感觉出来。因为小镇的早上是一种瞌睡连连的氛围。

我决定在主街上度过清晨的时光。街上停了很多汽车。在周末，人们开着各种各样的车来到镇上，去银行、杂货店或理发店办各种杂事。

我希望能看到其中停着一辆车牌号有 M–V–S 的黑色货车。

或许还能碰到方向盘后面那个可怕的老头？尽管他戴着一顶卡车司机帽，但我看到他两鬓的头发很短。也许他每周六都会去弗恩理发店理发。

不得不承认，在六月初的美丽早晨漫步于主街上，“探案”的心情散去了不少。我看到许多以往没注意过的微小事物，比如黎明。太阳升起之前，东方地平线满是美妙的粉红色和橙色光影，我以前从没见过。

鸟儿似乎很喜欢黎明时分的微光。天空刚刚醒来，它们就开始唱歌了。

我站在餐厅附近一个大排气扇下面，这个排气扇一定连着烤架的抽油烟机，因为我闻到了培根味儿。培根的气味应该是世界上最好闻的吧，连影院爆米花也比不上。

我活着的时候这一切就存在，但却被我忽略了？

我穿进墙里面，去听煎饼面糊淋在热煎锅上发出的嗞嗞声。还有煎薯饼香气四溢。我从来没有意识到土豆丝、洋葱丝、辣椒丝和在一起用油煎的气味这么好闻。

然后，我真的看到了一辆货车。黑色货车。

它就停在理发店前，这会儿理发店甚至还没开门营业。

我赶紧跑过人行道，穿过停在货车后面的汽车，这样我就能看到货车的后部了。

车牌上没有 M-V-S 的字样。但有一组肖像简笔画，我意识到这辆货车属于一个有妈妈、爸爸、两个女儿、一个儿子和一只狗的家庭。也许他们正在餐厅里点餐，点的正是煎饼、培根和薯饼。

我从来不是一个会在星期六（或星期天）早起的人。任何非上学日我都不会早起。

我的朋友们可能也都在睡觉。克里斯托弗、米奇、阿克斯和安妮。

我想到了他们，然后我开始挨家挨户地拜访了，从一家瞬移到另一家。别问我是怎么做到的，我只是想了想，然后唰地就到了。

我猜得没错。克里斯托弗睡得很熟，他昨晚读的书就在床头柜上打开放着。

米奇也在睡，脸上挂着灿烂的笑容。我想他正在做梦，而且应该是一个好梦。还有，呃，他居然戴着发网睡觉？

我在阿克斯的卧室里也吃了一惊。倒不是他也戴了发网，而是他完全昏睡过去了，鼾声像电锯声一样。

我突然意识到：我的朋友们正像我活着的时候一样浪费生命。他们得醒过来，那啥，去闻一闻培根的香气。

哦，朋友们，黎明时分那粉红色和橙色的霞光多么美妙，我今天早上看到了，你们不该睡懒觉的。即使是阴天，天空只剩下灰暗的云彩，每天早上太阳也一定会升起，这件事也值得我们庆幸，因为总有一天——希望是九十年后——你们将看不到日出的情景。所以我想告诉我的朋友们，趁你们还能享受的时候尽情享受吧，不要把这一切视作理所当然。

有那么多值得看的风景，有那么多值得做的事，生活多美好，多么不可思议啊。是的，我说的这些话太老土了。但这是死亡带来的另一个影响，让你重视活着时抛在脑后的每一件小事，比如培根，日出，还有真正的好朋友。

33. 看看安妮

好——嘞！

接下来是尴尬时刻。唰，我的晨间拜访继续进行。

接着就来到了安妮的卧室。她也还没醒，我站在床脚看她熟睡的样子。如果我不是幽灵，此刻肯定会被当成变态。

再说一遍，我也不知道自己怎么会出现在安妮的房间。它就是发生了。我发誓。但安妮也是我的朋友，和克里斯托弗、米奇、阿克斯一样，我也得来看看她，所以我就来了。应该就是这样。

这是一个非常温暖的早晨，所以安妮踢掉了被子。谁能相信安妮的睡裤看上去像一条运动裤，睡衣上还印着便便表情包？你可以看出她的幽默感，她挺爱搞怪的。

啊哦，糟糕！

安妮开始伸展四肢，又揉了揉眼睛。她醒了！

难道她感觉到我在看她了？感觉到我在这儿了？在她的卧室里？盯着她睡觉？

她打了个冷战。好吧。我死了，死后的我走到哪儿都像一个人形制冷机。

我刚刚确实想让我的朋友们都醒过来去闻培根的味道，但此时此刻我绝不想让安妮醒过来。严格来说，我觉得我正在做的事比潜进学校女厕所还恶劣。

她从床上爬起来，走向抽屉柜，拿出一件胸罩，还有别的什么看上去像内衣的东西。她要穿衣服了，如果再待下去，我会再死一次的，因为如果她要穿衣服，就得先脱衣服！

我吓傻了，径直穿过墙壁跑到走廊，安妮的爸爸昏昏沉沉的，正朝卫生间走去。我穿过他，让他的精神抖擞抖擞。我也感到了一丝寒意——因为差点儿看到了不该看的。如果安妮的爸爸知道了，他可能会杀了我，虽然变态货车已经早他一步下手了。

我飞下台阶，走出前门。

当然，我说的“走出”是指“穿过”。

这种感觉太太太诡异了。我不是说穿过人、墙还有门。不是。让我感到诡异的是，我刚刚看到了安妮的胸罩，甚至

现在我知道比乘直升机还糟的事情是什么了，
早上出现在一个女孩的卧室里！

只是看到她从抽屉里把它拉出来。

好吧。我余生可能再也忘不了那个场景了。哦，我是说“来世”的余生。

“我也穿了。”伊莎贝拉说。她正在安妮家前院的草坪上等我。“很多女孩都穿。”

“话太多！”我说，“而且你怎么知道我在想什么？”

她耸了耸肩，算是忽略了我的问题。“女孩的胸罩和男孩的四角裤没什么两样，只是内衣的一部分。还是说你穿的是三角裤？”

“我拒绝回答这个问题！不过，你在这里做什么？”

“我一直在跟着你。”

“什么？”

伊莎贝拉又耸了耸肩，略带歉意地举起双手。“我真的没有可以拜访的朋友，所以就跟着你了，藏在你后面。我能感觉到那些人都很喜欢你。有这样的朋友一定很棒，他们都记得你，即使你已经死了。你会活在他们的心里。对了，那个戴发网的男孩挺可爱的。”

我翻了个白眼。好吧，就连死去的女孩也喜欢米奇。

“安妮非常漂亮。”伊莎贝拉抬头看向房子的二楼，安妮正站在窗前，已经衣着整齐了。我松了一口气。“她就是你喜欢的人吧？穿胸罩的女孩？”

“是的。但我从没告诉过她。”

伊莎贝拉摇了摇头。“太可惜了。”

“我知道，”我说，“我活着的时候本来有很多机会告诉她。”

34. 一起瞬移

我发了会儿呆。

没错，这是一个美丽的春天早晨。花朵盛开。树叶是淡淡的绿色，它们总是在每年的这个时候冒出来，仿佛在庆祝夏天的到来似的。

但我满脑子都是安妮，她的房间。她从抽屉里拿出一个黑色花边胸罩。

“我也许应该跟你一起玩一会儿。”在这片熟悉的街道上飘移的时候，伊莎贝拉对我说道，“你看上去有点儿迷茫。”

我好奇地看了她一眼。她能读懂我的心思？

“这就是你以前住的那条街吧？”

好吧。这实在是太奇怪了，她能读懂我所有的想法。

“对。这条街上大约有十栋房子。安妮和我以前会一起步行去学校。她会在人行道上等我，就是这儿，每天早上都等。如果下雨了，我总是会跟她一起打我的伞，她出门的时候总是忘带伞。不管什么天气，我妈都会检查我带的东西，齐全后才能离开家，因为她很清楚准确的下雨时间和体感温度。她手机里有这样的软件，我想是我爸帮她下载的。”

我们继续晃荡。我留意到，新修剪过的草坪居然那么好闻。以前我总是被迫修剪我家的草坪，但从没留意过青草的香气。不过也不能怪我，清新的草香总是被割草机排出的废气掩盖。

太阳缓缓移动，就像延时视频里那样。然后，时间突然就到了午后。我注意到很多人正在自家车道上，把野餐用具、游泳圈以及他们在湖边休闲时所需的一切往车里搬。明尼苏达州或许真的有上万座湖，但纳尼扎纳德湖是我们这条街上的人在意的唯一一座湖。

“今天是星期六，”我跟伊莎贝拉说，“大家都要去湖边。”

“是啊，”她说，“我记得只要天暖和起来，我们街区的人周末也会去那儿。但我从来没去过。”

“从来没有？”

她摇了摇头。

“为什么？”

她耸了耸肩。“不知道。我妈不喜欢户外活动，因为虫子太多。而且即便去了我也没有朋友可以一起玩。”

“好吧。”我说，“我也只有在跟朋友一起的时候才能去那儿。每次和他们骑自行车去悬崖上，我都不会告诉父母我们要去哪儿。要是回家的时候穿着湿透的短裤或滴水的泳衣，我就打个马虎眼，告诉他们我去上了游泳课或救生课。我爸喜欢这些课程，但讨厌湖。”

“为什么呢？”伊莎贝拉问。

她这么一问，我们又一次瞬移了。

目的地是我家。弟弟查理正穿着泳裤，戴着潜水面罩，头顶的呼吸管向后歪着。他嘟着嘴，正在生闷气，因为爸爸正在说那些以往总是说给我听的话。

“我是认真的，查理，”爸爸说，“湖是很危险的地方。我像你这么大的时候，我的大姐康妮在湖里淹死了。那座湖很深，很危险。她当时才十二岁，再也没过上十三岁以后的日子。”

这些话我听过太多次了，就跟着爸爸的话头儿一起念叨。

“太可怕了。”伊莎贝拉轻声说。

“我知道，”我说，“每次查理或我想去湖边的时候他都会这么说。然后又说，我们家的后院有一个六英寸深的儿童游泳池。”

“不，”伊莎贝拉说，“我是说他大姐在湖里淹死这件事很可怕。”

“哦。也确实。”

“可能给他留下了终生的创伤。”

“哦，是吧。这可能就是我爸极度反对冒险的原因。”

“查理，”爸爸的声音传来，“你知道吗，每年平均有3536人死于溺水，也就是说每天有大约十个人。其中小于十五岁的男性，比如你这样的，发生致命溺水的概率是女性的两倍。”

“啊，”我听到伊莎贝拉说，“我都不知道这些。”

“我知道，”我说，“这些统计数字我爸也告诉过我。做好准备，他要说下一个数据了，关于湖……”

“而且，”爸爸继续说，“在河流、池塘和湖泊中死亡的80%是男孩！”

我转向伊莎贝拉说道：“如果我是个女孩，他可能就会允许我跳进湖里玩了。不过也未必吧，因为康妮的事。爸爸对有概率发生的事情非常担心，所以即使我总和朋友们一起去湖边，我也从来没有跳过水，顶多走到几英尺深的水里蹚一蹚，或是坐在岩石上看着他们玩儿。”

“你爸爸只是想保护你，芬恩。”伊莎贝拉说。

“我想是吧。但我觉得他也是想保护他自己，回避关于康妮的那段记忆，那个我从未见过的姑姑。”

“也许康妮姑姑在等你，”伊莎贝拉说，“在你……那什么之后……”

“在我决定离开人世之后？”

伊莎贝拉点了点头。

“是的，也许吧。我们可以一起去游泳，死了就不用担心溺水了。”

35. 在岩石上

“得了。”我受够了我家星期六上演的大戏——《你绝对不能去湖边》。所以我对伊莎贝拉说：“我们去湖边吧。”

“什么？”伊莎贝拉看上去有些惊讶。

“你不是说你从来没去过吗？”

“是的。”

“所以啊，走吧。”

“但，但是……”

“我和我的朋友们总去。”我说。

“我是你的朋友吗？”

“嗯，”我说，“算是吧。”

“就因为我是唯一一个能跟你说话的吗？”

“也许吧，我想。这重要吗？走吧。至少你得……在离开人世之前去看一看湖。你得带上这段记忆离开，因为湖边是世界上最快乐的地方，迪士尼都比不上。”

她笑了。“好，既然你这么坚持。”

“真的很棒，绝对一流。”

“好。”

我家的房子消失了。此刻，我们所处的位置不是我家厨房，而是悬崖之上。我们正俯视纳尼扎纳德湖。它看上去一点儿都不危险，而且很有趣。

“哦，哇！”伊莎贝拉将一切尽收眼底，“哦，哇！”

她让我想起第一次来这里的夏天，那也是一个星期六，我和克里斯托弗偷偷溜到悬崖上，看到了这个美妙迷人的地方。水从岩石上倾泻而下，阳光在湖面跳舞。人们嬉闹着相互泼水，浮动漂流，一片欢声笑语。

他们都在享受生活，但我再也不能这样了。要是活着的时候我能花更多时间来这里玩就好了。第一次踏入或跳入寒冷的湖水时，你会发出惊讶的喘息和颤抖，那就是所谓“活着的证据”。

“这也太棒了！”伊莎贝拉喜不自胜，“你能感觉到阳光照在脸上吗？”

“能，这感觉不错。”

“不是‘不错’，芬恩，而是‘酷毙了’！你的朋友在这儿吗？”

“也许吧。”我转过身去，“是的。在那儿，那片岩石上。那里是我们的地盘。”

“他们怎么不去水里玩？”

“不知道。”

“咱们去看看。”

“呃，好。”

这一次，我跟在她后面。我们飘过悬崖，悬停在克里斯托弗、米奇、阿克斯和安妮旁边。他们待在小路尽头的一处阴凉地，自行车倒在一边。

“你想潜水吗？”阿克斯问。

“呃，”米奇说，“现在不想。一会儿看看。”

“你一小时前就这么说。”

“阿克斯，你要是想游泳，就去游好了。”

“呃，”阿克斯说，“如果你们不一起游也没什么意思。所以，你想潜水吗？”

“不知道。”米奇说，“一会儿看看。”

“我不敢相信才过了一个星期。”克里斯托弗悲伤地说。

“是啊。葬礼是上周六。”安妮说。

“但我们接着就来游泳了，”阿克斯提醒大家，“我搞出了那个超大的水花炮弹。”

“所以啊，想游泳你就去。”安妮说。

“呃，”阿克斯说，“除非你们一起。自己游没意思……”

“自打芬恩做了那个愚蠢的自行车特技之后，一切都没意思了。”克里斯托弗说。

“他为什么非得那么做呢？”安妮踢了踢鞋子旁一块松动的石头。

“我们永远也不会知道，”克里斯托弗说，“他已经不在了，没法告诉我们。”

那不是我的错！我想尖叫。是一个开黑色货车的疯老头！但我知道，我的尖叫声除了再次惹得小鸟叽叽喳喳乱叫外，什么用都没有。

“星期四下雨了。”安妮喃喃道。

“你想表达什么？”米奇问。

“芬恩没有带着他的伞出现。”

“他今天也没出现。”克里斯托弗补充道。

“今天阳光不错，”米奇说，“我们不需要伞。”

“也不需要游泳，”阿克斯说，“除非你们想游。”

“呃，”克里斯托弗说，“我要回家了。”

“我也回去了。”安妮说。

“好主意。”米奇说。

“等等我。”阿克斯说着，捡起他的毛巾。

我的朋友们扶起自行车，推着车走上小路。他们垂头丧气，连骑车的心情都没有。

有一个事实跟闪闪发光的湖水一样清晰——

我的死毁掉了他们的生活。

第六章

在墓园里

36. 满天繁星

我的四个朋友离开了。

接着，天地间又上演了一次延时摄影般的效果，此刻已是夕阳西下。

已经没有人在湖里玩乐。笑声消失了，唯一的声音是瀑布滚落下来的水花声。

“我需要思考一会儿。”当天空中撒满星星的时候，我跟伊莎贝拉说道。岩石上只剩我们俩了。

“我也是，”她回答，“我知道一个地方。那里很舒服，很适合思考，遇到你之前我经常去那儿。想和我一起吗？”

“不了，谢谢。我今晚就待在这儿吧。你看到天上那些暗淡的光点了吗？那是我们的星系。银河系。我们只能在特别黑的地方看到它，比如在这里。这里离城镇很远，没有光污染。”

伊莎贝拉点了点头，装作相信我的样子。我感觉到她又在读我的心思，她知道我想留在悬崖上的真正原因。

我真的需要独处。

伊莎贝拉也离开了。

现在只有我一个人，站在璀璨星空下的岩石上。星空很美，很平和，无可比拟。一如既往。也许在我出生之前星空就已经很美了。也或许早在人类诞生之前它就这么美了。

我想起我在克里斯托弗家过夜的一个晚上。我们从他房间的窗户溜出去，骑自行车来到这里看满天繁星。我们平躺在岩石上，仰望天空。

顺便说一句，克里斯托弗精通天文学，学校没教的很多知识他都懂。他一个人可以撑起一场星象脱口秀。

“光从地球到月球大约需要 1.3 秒，”他告诉我，“从太阳到地球需要 8 分钟。”

“所以，”我说，“如果现在太阳爆炸了，我们 8 分钟后才会知道？”

“没错。”

我开始摆弄手表。

“你在做什么？”克里斯托弗问。

“设置一个 8 分钟的倒计时。万一太阳真的爆炸了呢？”

克里斯托弗笑了。“同样一束太阳光，需要整整 2 年时间才能到达太阳系边缘。那我们的星系，银河系呢？光从一边到另一边需要 10 万年。”

“你让我觉得自己很渺小，很微不足道。”我告诉他。

“等等，”克里斯托弗说，“我还没说完。在可观测的宇宙里，还有大约 3500 亿个星系，都和我们的银河系差不多大。可观测的宇宙，是指我们唯一知道的一个，也就是说可能还有其他宇宙。在可观测的宇宙里，就拥有 300 万亿亿颗

恒星。”

惊了。

“所以，大体来讲，如果说宇宙是地球上所有沙滩的集合，那地球以及地球上所有的人加在一起，只是一粒小小的沙子？”

“不，”克里斯托弗说，“宇宙还要更大。不过，芬恩？”

“嗯？”

“到目前为止，我们人类是唯一意识到宇宙有多不可思议的生物。当然，其他星球上可能有其他智慧生命形式。外星人，就像《星球大战》里的那样。但在发现他们之前，我们就是我们所知道的唯一能欣赏这片浩瀚星海的生物。”

我怀念在星空下和克里斯托弗一起闲扯的日子。

事实上，我怀念以往生活中的很多事——尽管我仍然在这个世界上。真有些怀念。

但我最放不下的是我从未做过的那些事。

37. 再活一次

一颗流星划过天空。

它转瞬即逝。亮光只燃烧了片刻，随后便消失无踪。我想，它跟我有点儿像。我在世上待了片刻（好吧，十三年），然后消失了。算是吧，虽然我不太确定自己活着的时候有没有燃烧过。生前我应该好好燃烧的，为什么没有留下更耀眼的痕迹呢？

克里斯托弗告诉我，流星其实根本就不是星星。它是一个流星体，是在宇宙中翻滚的尘埃和小碎粒，因为和地球的大气层撞击摩擦，所以在一瞬间燃烧起来——确实跟我的感受差不多，我曾在世上，然后消失。但也不是完全消失。

那究竟是为什么呢？为什么我还在世上徘徊？

“因为你有未竟之事！”身后传来一个恐怖的声音。

我的魂儿差点吓出来。但其实没有，你知道，因为我现在就是个魂儿。但我确实感觉到手臂上起了鸡皮疙瘩。

我扭头一看。

是伊莎贝拉。

“呜——呜——呜——”她扮出可怕的表情，手指故弄玄虚地在我面前绕来绕去，好像突然变成了一个万圣节幽灵。

“没劲。”我从惊吓中缓过神儿来，嘀咕道。

她咧嘴一笑。“你害怕了吗？”

“哦，怕了。不过你等着吧，哪天我也吓你一跳！”

“我会做好准备的。”她在我身边的岩石上坐下，“这里很美，芬恩。尤其是晚上。”

“是的，我以前没有意识到这有多棒。一切都是那么不可思议。星星，我们坐着的这块光滑的岩石，甚至那些烦人的蟋蟀发出的噪声都不那么烦人了。”

是的，我又说了些老套的话。对不起。但我好像忍不住。

“你觉得我们还能再来一次吗？”我问。

“嗯？”

“重新活一次的机会。我是说，也许我们的灵魂会跑进其他身体里再活一次？也许在其他的时间和地点？”

“我不知道。我想有可能吧……要是能重来一次就好了……”

“我想成为一个很酷的人，”我说，“一个真正的冒险家，像米奇那样。”

伊莎贝拉皱起眉。“你想戴着发网睡觉？”

“不。”我笑了，“除了这点以外。我只是想更耀眼一些，你懂我意思吗？比如能爬上岩壁之类的。当然，我会使用安全带，但我会努力爬上去。”

“如果再活一次，”伊莎贝拉说，“我也想耀眼一些。我会走到食堂里，对一个有趣的陌生人说：‘嗨，这个座位有

人吗？’然后一屁股坐下去。如果能重新来过，我会试着像你们那样交朋友。”

“我们只是一群书呆子，没人愿意和我们一起玩罢了。”我说，“所以我们只能混在一起。我想这就是朋友的含义，不管发生什么，你都可以在朋友身边做自己。”

“等等，”伊莎贝拉似乎有些吃惊，“你的朋友米奇也是书呆子？”

“现在不是了。但以前是，小学那会儿。我敢说他是我们中间最‘呆’的一个，尤其是三年级，几乎就是个白痴。”

“芬恩？”

“嗯？”

“不管怎么说，我觉得你比米奇酷多了。”

我惊讶地看了她一眼。“你认真的吗？”

“当然。”

“啊，我懂了。因为我死了，所以，我很‘冷酷’。你是在说我的体温吧。”

“不是，”她认真地说，“我只是觉得你很好。而且很酷。”

38. 交新朋友

我和伊莎贝拉又看了会儿星星，谈论了一些会让我们怀念的事物（裹了巧克力脆皮的冰激凌甜筒是我们共同的最爱），然后我们决定去散散步。

当然，我们的散步跟一般人不一样。

我们在岩石上走了两步，然后就来到了钟楼大教堂附近的人行道上。我们到底是怎么做到的？谁知道呢。反正就是做到了。还是趁早接受吧，死后的世界很奇怪。

“哇，”我抬头看了一眼时钟，“现在是凌晨三点。”

“那又怎么样？”伊莎贝拉说，“你困了吗？”

“不，我已经感觉不到困了，从我死前的那天晚上开始我就感觉不到了。不知道为什么。”

“我也是。”

“你想去看电视吗？还是干点儿别的什么？”

她看了我一眼。“凌晨三点看电视？你喜欢看广告吗？”

“那倒没有。广告是我不会怀念的事物之一……”

“哦，顺便说一下，”伊莎贝拉说，“我已经重新开始我的生活了。”

“什么？你不是死了吗？”

“是我用词不当。我是说，我正试着像你说的那样——活得耀眼一些。去交新朋友。”

“真的吗？毕竟我们是隐形的，交朋友还是有些困难。

人们的视线能直接穿透我们……”

“跟我来。”她抓起我的手，“我想带你看一个地方。”

“啊？”

“来吧！”

“呃，我们要去哪里？”

“一个我不久前发现的地方。我在岩石上跟你分开之后，才开始跟那里的人说话。”

“你在和人说话？他们回话了吗？”

她咧嘴一笑。“对！一会儿你就明白了。我会把你介绍给大家。他们就在那边。”

她指了指。

那儿是教堂的墓园。

39. 在墓园里

我看到了死人。

墓碑间游荡着各种各样的幽灵。他们看上去很友好，但说实话，我还是感觉很惊悚。

“你好，伊莎贝拉。”一个穿着法兰绒衬衫的男人说道。他漫不经心地把胳膊肘撑在一块墓碑上，就好像那是他最喜欢的酒馆吧台。“嘿，乔伊？这就是伊莎贝拉。我跟你说的那个女孩。”

“哦，你好啊。”名叫乔伊的幽灵说。他随意地靠在左侧一块墓碑上。“欢迎来到这里，孩子。所以，总之，弗雷德，就像我刚说的那样……高中时有一次，我和一个啦啦队队长约会……”

“也许我们应该离开这儿。”伊莎贝拉悄悄对我说。

“说到高中，”弗雷德说，“我之前给你讲过我投的快速球吗？”

乔伊没有理会弗雷德的棒球故事。他还在谈论自己和啦啦队队长约会的事。

“这两个人喜欢重温以前的辉煌，”伊莎贝拉对我说，“一遍又一遍地重复。”

“嘿，记得那一次……”乔伊继续说。

“我猜，有这么多美好回忆，”我说，“他们应该不想离开人世吧。”

我们走到一个女人面前，对一个死人来说，她看上去很开心。

“啊，你好，”我说着，向她挥了挥手，“我是芬恩。这是伊莎贝拉。”

“嗨。你们俩饿不饿？”

“啊？”

“沿这条路走十英里有一家很棒的五星餐厅，”她说，“我活着的时候一直没钱去。现在呢？我总去。所以厨房到餐厅的路上，盘子里的菲力牛排总是莫名其妙地消失。我们想吃什么就能吃什么，而且一磅体重也不会增加。还有大公酒店的自助早餐，也随便吃。因为食物太多，他们从没注意到堆成小山的鸡蛋或培根变少了一点儿。当然，煎蛋饼我就得想想办法了，因为它是按顾客点单做的，但我没法点单。厨师从来听不到我说话……”

伊莎贝拉和我在墓碑间飘荡。

我也开始跟伊莎贝拉说悄悄话。

“墓碑比幽灵多，”我总结道，“这说明有些幽灵已经离开了。那这些幽灵为什么留在这儿？”

“我们可以问问。”伊莎贝拉提议道。

“你认真的吗？这样很没礼貌吧？我是说，我们俩死了，也还在人世间闲逛呢。我猜他们也跟你和我一样，有某种未竟之事。”

伊莎贝拉看了我一眼。“真的吗？你看那个女人的墓碑。算一算吧，她九十四岁了。”

伊莎贝拉摇着头说：“活了九十多年的时间，她还有没完成的事？”

我耸了耸肩。“也许她应该列一张清单。不过，她可能真的有什么需要处理的事情吧，最后一项任务之类的，甚至是破案。也许她在外面骑自行车，某个疯子开着一辆车牌号上有明尼苏达州 MVS 字样的黑色货车把她撞下公路，她必须弄清楚是谁干的。”

伊莎贝拉又看了我一眼，眉毛也皱了起来。“骑自行车？她已经九十四岁了，芬恩。”

“嘿，这有什么不可能的，”我说，“可能会发生啊。也许。”

“我来问一问。”伊莎贝拉说。她比我记忆中勇敢多了。

她向墓园中央移动，我在一座巨大的混凝土天使雕像附近晃荡。好吧，其实我躲在了它的翅膀后面。

“大家好？喂？啊，你们好。我是伊莎贝拉·罗哈斯。我，那什么，已经死了。”

“你好，伊莎贝拉。”墓园里的十几个幽灵高声回应，连那两个靠在墓碑上重温过去光辉的人也加入进来了。

“为什么你们还在这里？”伊莎贝拉问道，“为什么还不继续前进呢？我是帮一个朋友问的。”她朝我眨眨眼，“我自己也想知道。”

一个神情严肃的年轻人走上前来。他穿着迷彩军装。

“很简单，”他说，“我本来不应该死。”

40. 无法离开

“我们当时在沙漠里，”年轻的军人说道，“伊拉克。我在回基地的车队里，我的车轧到了一个简易爆炸装置，但我前面还有两辆车。两辆！后面也有两辆。我记得其中一辆车的散热器格栅上绑着一个巴特·辛普森娃娃。会留在记忆里的居然是这种小事，有趣吧？我在后视镜里看到了它。炸弹炸的本来应该是别的哪辆车，而不是我那辆。我的死是个错误。”

天哪。我之前还觉得我的死是有史以来最糟糕的情况。（可能每个死去的人都会这么想。）

“我只是有一些事情还没完成，需要处理。”一位老妇人说。她没有那个九十四岁老人那么老，但看上去也是奶奶辈的人。“我得照顾孙子孙女。”

她果然是一位祖母。我猜得没错。

“我是在医院救护车后面听他们说的，我的死因是一氧化碳中毒，因为家里的炉子有严重的通风问题。我得留下来，防止孙子孙女们身上发生同样的事。”

“那你打算怎么做？”伊莎贝拉问。

老奶奶看上去有些错愕。“我不太确定。但要是真遇到危险，我会想出办法救他们的，一定会！”

“我是为野营的孩子们留下来的。”一个梳着大背头、胡子稀疏、笑容灿烂的中年男人说道，“活着时我是一个艺人、一个魔术师。有一天晚上我正在表演，有人放错了绳子，然后嘭的一声！我被沙袋砸中了脑袋。之前也听过舞台上死人的事，但我的死法太荒谬了。现在我在夏天的篝火晚会上工作。一旦有人开始讲鬼故事，我就让故事成真。还蛮有趣的，毕竟我已经死了。我研究出了一些不错的鬼把戏，声音效果，还有吵闹鬼特技之类的，让他们不寒而栗。太有意思了。所以我不能离开，现在还不行。夏天又快要到了，我的观众需要我，围着篝火的孩子们需要我。”

“我们都有事情要做。”另一个幽灵说。

“因为我儿子祈祷让我留在这儿，”又有一个幽灵说，“他放不下，所以我也放不下。”

每个幽灵都有一个无法离开的理由。有些说得通，某种

大多数死去的人都同意一点：他们本不应该死。

程度上吧。其他的就有些蠢了。

“我不喜欢我的棺材！我想让棺材里有更多填充物，还想要一个更柔软的枕头！”

“我死得太早了，我应该活得更久。”

“他们给我吃错了药！”

“我在错误的时间出现在了错误的地点。”

“那个司机喝了酒。”

我从天使雕像后面走了出来。

“打扰一下！”我试图引起大家的注意。

他们安静下来，转过身来看着我。

“我是芬恩，伊莎贝拉的新朋友。”

“你好，芬恩。”他们齐声喊道。

“我来问个小问题：你们中有多少人敢说自己死于一场事故？完全不是因为自己的过错？”

除了伊莎贝拉，所有幽灵都缓缓举起手。

“好吧。”我说，“我也一样。”

41. 英雄父亲

我意识到，我们都被剥夺了生命。

我们是已经死去但还没有继续前行的人，我们留在这里，是因为被生活欺骗了。我们本不应该死的。只是炉子通风不好，或是沙袋掉落，或是被一辆货车追赶而掉下悬崖，我们的寿命就变短了——相比本来应该有的寿命。

我爸曾经告诉我，美国人的平均寿命是 78.93 岁。我还有 65.93 年的好日子要过。如果搬到日本、瑞士、西班牙、挪威或别的什么国家，我可能要等到八十多岁才会死。

可是现在呢，十三岁？

这不怪我。要怪那个开黑色恶魔货车的老头。

又有几个幽灵飘过来加入大家，他们与伊莎贝拉和我一样，本身并没有被埋在这座教堂的墓园里。

“这座墓园就像为死人开的星巴克，”伊莎贝拉对我说，“能让大家来这儿闲逛、碰面、听八卦。”

“我认识那位女士！”我说，“是约翰逊老师。我一年级的老师。”

我冲向刚加入的人。伊莎贝拉跟了上来。

“嘿，约翰逊老师。是我，芬恩·麦卡利斯特。”

她眯起眼睛，好像在努力回忆我是谁。

“我以前是你班上的学生。小学那会儿，还记得吗？我爸不让我用铅笔，因为铅笔是尖锐物，会戳伤眼睛。”

“哦，是的，芬尼根。你总是用马克笔，软的那种。总是弄得满手颜色，五颜六色的。”

“是的，老师。这是我的新朋友伊莎贝拉。她也死了。”

“哦，那么，”约翰逊老师笑着说，“我想这是我们大家的共同点。”

“如果你不介意的话，”伊莎贝拉悄声说，“我想问问你是怎么……去世的？”

“哦，我在浴缸里滑倒了，亲爱的。”

我点了点头。“浴室，房子里最危险的地方。我爸说，每年有二十五万人因为在浴室里受伤要去看急诊。”

“真的吗？”约翰逊老师说，“你爸爸会说这种话？”

“嗯。他是个精算师，在一家保险公司工作。他说有

14% 的浴室受伤事件发生在上厕所的时候。”

“原来如此。幸运的是，我的死发生在浴缸里。”

“所以你也被生活骗了！”

“不，芬尼根，是我滑倒了。这是我的错。”

“但这也是一个意外，你本来应该活更久的，所以你仍然没有离开。”

“原来是这样吗？我一直在想这个问题。谢谢你，芬尼根。看来我的学生长大了，成了我的老师！”

她跟我们告别了。

然后我的后脖子哆嗦了一下，我慢慢转过身去。

那个身穿沙漠迷彩服的士兵正盯着我看。

“你说你叫麦卡利斯特？”他问。

“呃，是的，先生。芬恩·麦卡利斯特。”

“你的父亲——该不会是托马斯·麦卡利斯特吧？住在这个小镇上？”

“是的，先生。”

死去的士兵点了点头。“我们一起入伍，是一个部队的。当时他也是驾驶员，跟我一样。”

没错！绑在军用卡车前格栅上的巴特·辛普森娃娃！爸爸办公室里那张照片。

“我爸当时也在场？”我说，“你死的时候？”

“他很幸运。如果不是我，死的可能就是他了。我记得他把我从爆炸残骸中拖出来，想让我苏醒。我当时已经不行了，可他还是给我做了心肺复苏。我的灵魂飘浮在身体上方，看着下面。他顶着敌人的炮火守护我，迟迟不愿离开。你父亲是一个非常勇敢的人。”

“我从来不知道……我一直以为……”

“也许这就是我留在这里的原因，”士兵说，“为了告诉你真相。你的父亲是一个英雄，他冒着生命危险来救我，尽管我已经死了。”

我爸冒过险？

他居然做过勇敢又危险的事？

我怀疑沙漠中发生的事情给他造成了巨大的创伤，所以回到家之后，他就再也不愿意做有风险的事了。

再加上很多年前他姐姐在湖里的遭遇……

是的。这些事足以让一个人改变，让他不惜任何代价保证自己和家人的安全，阻断一切可能的伤害。

第七章

疯狂的货车司机

42. 一个月后

我们离开墓园，太阳升起来了。

不过现在是三个星期之后。我想起一首摇滚老歌，每当广播里播放这首歌的时候，我爸都会跟着哼唱：时间不停流逝，流向未来。这句歌词放在此刻的我和伊莎贝拉身上十分应景。

现在是六月底。树上的叶子是青翠的绿色，郁金香谢了。世界转入夏季。

距离我的葬礼已经过去一个月。今天是学期的最后一天。

“我得和我的伙伴们在一起，”我对伊莎贝拉说，“看看他们怎么样了。确保他们，呃，在我离开之后过得也很好。每年学期末的最后一天，我们都会去湖边举办非正式的夏季庆祝活动。他们会跳进水里玩儿，还会游到深水区。我在岸边瞧他们玩儿，看着我们的冷藏箱，里面存着汽水。”

“我可以和你一起去学校吗？”伊莎贝拉问，“我虽然经常去，但如果跟你一起我可能不会那么孤独。”

“没问题，一起来吧。也许我们可以再给斯卡格斯老师来点儿刺激的。让他神清气爽。”

伊莎贝拉笑了。“不了。我还是想做一个友好的幽灵。”

我们到达学校时（还是那句话，我不确定我们是怎么到的，反正就是做到了），第一声铃还没响。前面是米奇，他被姑娘们围在中间——跟往常一样。

“女士们，今天晚些时候想一起去湖边吗？我和我的伙伴们打算去庆祝夏天开始。外面真是太热了……”

他说“热”的时候，眉毛动了一下。姑娘们咯咯笑起来。

我觉得有必要修理一下米奇。

所以我呼出一大口冷气。

“呜……”他颤抖起来。

“你还好吗？”一个女孩问道。她应该是七年级的学生。我不知道她的名字，米奇可能也不知道。

“哟，米奇？”阿克斯大步走过来，“你病了吗，哥们？”

“我没——没——没事。”

“那你的牙齿怎么在打战？”

“刚才有一阵风。很冷的风。”

“真的吗？”阿克斯看了看姑娘们，她们耸了耸肩，“哥们，外面热得快有二十七度了。”

“确实。那种感觉就好像喝冰沙喝得太快，凉得直冲脑门儿。”

“你是生病了吗？”阿克斯问。

“不是，”米奇回答，“我说过了，就只是一阵冷风而已。”

“老兄？哪里都没有冷风。也许湖上有吧。我们按原计划进行吗？”

“嗯。放学后就去。这些女士们可能也会加入。”

“嗯。”其中一个女孩弱弱地说道，“也许吧。谢谢你的邀请。”

她们走后，阿克斯的大手搭在米奇肩膀上。“哥们？”

“哦，”米奇说，“我知道。她们不会去。”

“你吓到她们了，米奇。把她们吓坏了。下次别在公共场合表演‘凉得直冲脑门儿’。”

米奇笑了，阿克斯笑了，我也笑了。他们向学校走去，我像往常一样跟在后面。我喜欢跟我的朋友们一起笑，这也许是活着时我最喜欢的部分。

只是现在他们听不到我的声音了。笑声如果无法分享，也就不那么美妙了。

朋友们笑着继续往前走，我停了下来。这时候伊莎贝拉说道：“没关系，芬恩。我觉得你的小伎俩很有意思，只是他们不知道这是你做的。”

“没错，”我突然感到很难过，“他们永远不会知道。因为我已经不属于这个世界了。”

43. 暑假开始

感觉只过了一分钟，学校开始放暑假了。

大家欢呼着从前门涌出来。他们自由了，暑假会一直延续到九月。

“我们去湖边吧，”伊莎贝拉说，“去岩石上待会儿。也许时间会直接跳到黑夜，我们又能看星星了。”

我想她是想让我高兴起来。她真好。

“嗯，”我说，“好主意。”

转眼间就到了！我们在悬崖上俯瞰瀑布，水流好像有催眠效果。我们呼吸着美妙的自然气息，而且不用担心被蚊子咬。

“这里总是那么棒。”我说。

“这是一个很特别的地方。”伊莎贝拉补充道。

“最特别的地方。”

在接下来的三十分钟里，风景好像在自行交错变幻。然后我的朋友们出现了，他们围坐在一块洒满阳光的岩石上，一边闲聊，一边摆弄着树枝和鹅卵石。

“今天太冷了，没法游泳。”克里斯托弗说道。

安妮点头。“水太凉了。至少这块石头还不错，挺暖和的。”

“没错，”米奇突然说，“让我想起我妈汽车里的加热坐垫。”

他们都笑了。

“哟，”阿克斯说，“不过今天早些时候，米奇特别冷，说是像有人往他鼻孔里插了一根冰棒还是什么的。”

米奇瞪了阿克斯一眼。“我只是打了个冷战好吗？冷战。每个人都会打冷战。”

“今天可不会，”安妮指出，“今天得有二十七度。”

“那水为什么这么凉？”米奇疑惑道，“难道是因为瀑布？”

“有一定关系吧。”“学者”克里斯托弗说道，“其实主要是因为季节变化。烈日能让湖面温暖起来，可是一旦进入夏季，风就会减弱，没法把上面的暖水和下面的冷水混合在一起，尤其是在湖里深不见底的位置，那里的水不会因为天气升温而变暖。”

“这座湖还是有‘底’的，克里斯托弗。”安妮嘲弄道。

“不然，”米奇说，“湖水就漏到地球另一边了。”

“谁说它一定有底？”阿克斯说，“也许湖水一直向下，穿过地心，最后流进太平洋了，就在夏威夷附近的某个地方。也许夏威夷火山爆发，正是因为明尼苏达州的无底湖。”

“哈，”米奇说，“这样一来，约塞米蒂国家公园里那些

间歇泉和垃圾就能解释得通了。估计是从某个地方的无底湖漏过来的。”

好吧，我知道他们说的这些很荒唐，甚至很蠢。但我好怀念和他们在一起漫无边际闲聊的时光。

“不管怎么说，”克里斯托弗试图把对话拉回现实，他总是这样，“表面的水和下面的水之间产生骤然温差的地方被称作温跃层。”

我的朋友们只是点了点头。他们已经习惯了克里斯托弗的这些书呆子言论，但这也是克里斯托弗的魅力所在。

“嘿，”安妮说，“你们听说过那个气象员的笑话吗？他用他儿子凯文的名字命名了一场暴风雪。因为他觉得那场雪不会下很大，没什么出息。”

他们笑得更欢了。

“你们知道英格兰为什么总下雨吗？”阿克斯说。

“这还不简单，”米奇说，“因为女王统治[1]了几十年！”

“啊，你们知道那个笑话吗……”

对话就这样继续下去。我的朋友们一直在谈论天气，讲那些老掉牙的双关语笑话。对话变得越来越无厘头。

他们甚至没提我的名字。

①原文 reign 意为“统治、在位”，发音跟 rain（下雨）很像。

44. 恶魔司机

“我得走了。”我对伊莎贝拉说。

“嗯，走吧，”她说，“他们在聊天气。天气啊。那可是老人家的话题。他们一次也没提到你，难道已经把你忘了？”

我看了她一眼。还记得她的读心术吗？她又在读我的心思。

“我想散会儿步，”我对她说，“所以脑袋里别想着去什么地方，否则嗖的一下我们就到目的地了。”

“好吧。你想往哪儿走？”

“山脊路。”

“那是你死去的地方。”

“嗯，我知道。事故发生的时候我本人在场。”

于是，我们默默走着。顺着悬崖上的自行车道一路往下，又顺着公路走向山脊的另一边。谁也没有说话。可能我也没必要说什么——因为伊莎贝拉一直在对我施展读心术。但我现在想的不是这件事，我在想我的生活。

我活得太差劲了。

这么轻易就被遗忘了。短短几个星期，安妮、克里斯托弗、阿克斯和米奇就把关注点转到了一个全新的话题上——天气。

该死的天气！

事实证明，世界上最无聊的话题都比我有趣。

还有比这更差劲的事情吗？

有的，会有的。等着瞧吧。

我们沿着山脊路继续走，来到了现场。犯罪现场。现在，这里成了有史以来最可怜的路边纪念地。泰迪熊和毛绒玩具破烂不堪，浑身溅满泥浆，毛绒全都磨损了。鲜花只剩下枯萎的花茎和花瓣，自制悼念牌上的颜料已经被雨水冲刷掉了。旁边还有一个汉堡王包装袋和几个带塑料盖的纸杯，八成是哪个人开车路过时丢出来的。

这处纪念地已经好几个星期没人来了，如今看着像个垃圾堆——也确实是个垃圾堆。

人们对我的记忆正一点一点地消失。我的朋友们不再提起我了，这个纪念地似乎也和我没什么关系了。

“别太难过，芬恩。”伊莎贝拉轻轻地说。

“嗯。我确实很难过。”我想我可能已经哭了，只是幽灵没有眼泪。

突然，我们听到了汽车发动机的嗡嗡声。

我之前听过这个声音。

我们向山脚下闪烁的红灯望去。一辆黑色货车停了下来，司机等了一小会儿，随后在发动机的呼啸声中冲向陡峭的山坡。

这辆怪物般的货车越来越近，我看到方向盘后面的驾驶员戴着一顶卡车司机帽。

然后我看清了车牌号：MVS472。

是他。芬恩版恐怖小说里的疯子。

45. 分析“案情”

我立刻伸出一只胳膊护在伊莎贝拉身前，让她远离马路。

货车飞驰而过，一路冲向山顶，就像传说中的地狱蝙蝠。

它和把我赶出公路时一样嚣张。

我的大脑一片混乱。这辆货车为什么要追我？或者，也许司机没在追我，也许他只是讨厌自行车和骑自行车的人，也许他只是那种不愿意跟自行车分享道路的人。

又或者……

又或者他急着赶回家，而我影响了他的速度？

也许总是有自行车逼得他减慢速度，他终于下定决心让那些骑自行车的人为他耽误的时间付出代价。让我为这一切付出代价。

如果他经常走这条路，那他一定住在附近。

“我也是这么想的。”伊莎贝拉说。

哦，没错。她绝对能读懂我的想法。

她突然意识到了什么，瞪圆了眼睛。“他家一定在那座山的另一边！”

我点了点头。“或者是他的工作地点。也许那天他迟到了。”

“那他为什么今天又往山上冲？他总是迟到吗？”

“可能吧。又或者他急着赶回家，因为，我随便猜的，因为有人需要照顾，或者急着吃晚饭，或是赶回去看他最喜欢的娱乐节目之类的。”

我看向太阳。

“和那天的时间一样。”

“啊？”

“我是说太阳的位置，下午三点左右。就是他把我赶下公路的时间。”

“那错不了了，这绝对是他的例行路线，”伊莎贝拉说，“他经常走的路——不管他要去哪儿。”

我发现伊莎贝拉和我有那么点儿侦探的样子了，我们正在处理一个案件。不错不错。

也许那个恶魔司机将来还会把其他可怜的自行车手赶出公路。

也许这就是我留下来的原因。我的死本不应该发生，那只是一个随机的、反常的事故。我只是在错误的时间出现在错误的地点，和我们在教堂墓园遇到的幽灵一样。但是，同样的事情没准儿还会发生在其他可怜的孩子身上，也许我能做点儿什么。

我曾经听人说过，每个生命活着都有自己的目的。那么，也许每一次死亡也有它的目的。我的死，正是为了追踪那辆黑色货车的司机，抓住一个凶手。而且，鉴于我目前的状态，我知道我能做到，而且不会害怕。即使杀我的人像是个精神错乱的恶魔。

没什么好怕的。

哪怕他是一个变态杀手也奈何不了我。因为我已经死了。

话说回来，开黑色货车的人到底是谁？

我要去寻找答案了。

46. 勇敢一些

“我们得监视这个地方，”我对伊莎贝拉说，“下次他再往山上冲的时候，我们就跟上去。”

“很难说，芬恩。那辆货车开得有点儿快。”

“我们的速度更快啊。我们一直都在瞬移，哪儿都能去。把注意力集中在货车上就好，锁定它，精神高度集中。别让思绪游离到其他时间或空间里。如果注意力锁定在他出现的那一刻，我们一定能追踪他的行驶路线。”

我望向天空，眯眼看着太阳。

“明天我们得在这个时间来这儿。”伊莎贝拉说道。因为，你懂的，我心里就是这么想的。

“没错。”

“你快完成你的未竟之事了。”

“嗯，”我意识到，伊莎贝拉说的也许没错，“是吧。我想，我要做的应该就是阻止那个疯子把其他骑自行车的人赶下公路。杀了我之后，他甚至都没转身看看自己干了什么好事。总的来说，他就是一个肇事逃逸司机。那是一次犯罪，他是一个犯人。”

伊莎贝拉缓缓点头。我看得出来，她正在思考。只是我不会读心术，不知道她在想什么。

“我很佩服你，芬恩，”终于，她开口说，“你很勇敢，愿意那样做。”

“嘿，我已经死了，还有什么好怕的呢？我只是希望活着的时候也多一些勇气就好了。”

“好吧，也许你也能做到，”伊莎贝拉说，“我是说，如果你能像我们之前说过的那样重新活一次。”

“是的，也许我会转世成一个勇敢的牛仔之类的。但眼下有个问题很棘手，我得想出一个给警察传递信息的办法。追踪的部分我很在行，不过，知道那个人的身份和住址之后，我要怎么处理这些信息呢？伸出冰凉的指尖，在遇到的第一辆警车挡风玻璃上写写画画吗？”

她咧开嘴笑了。“你会想出办法的。”

“克里斯托弗肯定有办法。他很聪明。但我不行。”

“你也行的。芬恩？”

“嗯？”

“你鼓舞了我。”

“哦，凡事都有第一次……”

“我是认真的。你正在做的事很需要胆量。”

“我不太确定我肚子里还有‘胆’这种东西……”

“别扯啦，”她微笑着说，“听着，如果你能变勇敢，也许我也能。我已经准备好回家了。”

“真的吗？”

“嗯，是时候了。不，已经有些晚了。我得去见我的妈妈。”

第八章

伊莎贝拉的未竟之事

47. 一个猜想

我又抬头看了看天。

“那我们去看看她吧，明天这个时候再回这里就可以。你家在橡树街，对吗？”

“嗯，橡树街 48 号。”

她话音刚落，你懂的——唰！我们就到了，进到了房子里。客厅里有一位正在骑健身车的美丽女士，她穿着运动服，电话贴在耳朵边。

“那是我妈妈，”伊莎贝拉轻声说，“她经常锻炼。她是那种追求完美的人。”

我可以看出伊莎贝拉有些紧张。我能从她的声音里听出来。

“很高兴你喜欢它，珍妮弗，”罗哈斯女士在电话里说，小心，罗哈斯女士。可别被恐怖的黑色货车盯上。

“我们会为你留着的。那配套的耳环呢？我敢肯定它们配在一起很美。哦不，女人的钻石永远不嫌多……”

“她开了一家珠宝店，”伊莎贝拉小声说道，“卖的都是高档货。不管她说的耳环是什么样的，可能都得好几万美元。”

她的妈妈一边骑车，一边听电话。

“没有，她还是没回家。但她会回来的。我了解伊莎贝拉，她只是想引起注意。已经四个月了，我相信她很快就会厌烦跟她爸爸在一块儿。我敢肯定。”

罗哈斯女士对着电话那头笑了几声。

“不是真正的‘离家出走’，珍妮弗。我向你保证，她和她爸爸是一伙的。我前夫阴险狡猾，我肯定是他们两个人一起策划了这件事。没准儿他那天早上在她去学校的路上接走了她，带她去了迪士尼，然后把她藏起来，好把我逼疯。是的。我雇了一个私家侦探，他一直在监视爱德华多的住处，但伊莎贝拉不在那儿。要我说？离开迪士尼之后，他就把她送进了某个又贵又偏僻的私立寄宿学校，也许还用了假名字注册。哦，是的，他会的。他很阴险，珍妮弗。聪明又阴险。”

我看向伊莎贝拉。

“她不知道你已经死了？”我说。

“我的尸体还没被发现。你忘了吗？”

是的。我想起那些“失踪儿童”海报和广告牌。伊莎贝拉的妈妈认为她还活着。

“哦，别担心，珍，”她妈妈在电话里说，“无论如何我都会找到她的。然后我会以绑架罪起诉爱德华多，让他坐牢！法官把抚养权判给了我！我不在乎。我会赢的。”

哇哦。听上去，相比让女儿安全回家，伊莎贝拉的妈妈对把她爸爸抓起来更感兴趣。

“别太难过。”我说。

伊莎贝拉回了我一个无力的微笑。“你看到了吧，这就是我妈妈。她就是这样的人，争强好胜。”

她走上前去，在妈妈的脸颊上亲了一下。

我看得出，她妈妈感觉到了。她有些颤抖。

尽管这个吻很温柔。

但随后，罗哈斯女士就抓起运动毛巾把脸颊擦干净了。她似乎觉得刚才的冷战是因为冷汗流了下来。

真是令人难过。

伊莎贝拉转过身来看着我。

“她必须知道真相，芬恩。她得知道我永远回不了家了。我的尸体必须被找到，这就是我的未竟之事，我得完成它。”

我点了点头。“好，我会帮你。”

48. 那个雨天

“把你还记得的事告诉我吧。”我对伊莎贝拉说。

我俩并排坐在她家后院一个生锈的秋千上——可能是伊莎贝拉小时候玩的。（我暗暗想，如果我们在秋千上晃几下，路人会以为是风吹的吧。）

“我们不是应该集中精神找你的货车司机吗？”伊莎贝拉说。

果然。她在拖延时间。拖延症晚期。

“那人明天才会出现——而且我们可以瞬间移动，怕什么。但这不重要，现在最重要的是弄清楚你身上究竟发生了什么。你都记得些什么？”

她眼睛盯着某处，试图把零散的记忆拼凑起来。

“好吧，”她叹了口气，好像下定决心想把这件事搞定，

“那是一个星期五早上，上学前。当时下着大雨，我记得我穿着那件亮黄色雨衣。那个周末我本来要跟爸爸一起过，一年里这样的机会不多，妈妈的离婚律师很厉害。总之，那个星期五，我爸会在放学后来接我，我会在他那儿过周末，他住在城里的一间公寓。但后来，妈妈接到一个电话……”

突然，我们一起闪回到那时的场景。我和伊莎贝拉的幽灵一起目睹当时的场景，就像在看她过去的录像。她站在门廊上，背着书包，穿着雨衣，嘴角露出一个淡淡的微笑。我看得出来，她真的很期待跟爸爸一起过周末。

她掀起雨衣兜帽戴在头上，又撑开一把雨伞，跳下台阶，走进大雨中。

她的妈妈来到带有遮雨棚的门廊上。她穿的是运动服，那种比普通衣服要贵的衣服。她依然在打电话。

“伊莎贝拉？”她喊道。伊莎贝拉已经走到了人行道上。

“妈妈？”“录像”里的伊莎贝拉转过身来。雨声很大，豆大的雨滴砸在伞面上，她竭力大声喊话，她妈妈才能听到。

“你爸爸如果说些关于我的什么话，全都不要听，那都是谎言。真是搞不懂为什么我还要让他每个月见你一次，再送你去学校……”

伊莎贝拉的妈妈回到房子里。她看上去很生气，砰地关上了门。

伊莎贝拉的手机嗡嗡响。

是她爸爸的秘书发来的短信。

他没法开车来送她上学了，他们也没法在一起过周末，因为他“突然有些事”。

伊莎贝拉独自站在大雨中的人行道上。

“录像”渐渐模糊。伊莎贝拉眼泪汪汪。我看出来了，这是一段很痛苦的记忆，怪不得她一直不愿回想。

“哦，好吧，”但愿我能把注意力放在事实上面，一句多愁善感的话也别说，“你爸妈肯定拿不到任何家庭教育奖……”

我想制造一些幽默，但完全没奏效。

我从未见过脸色如此苍白黯淡的伊莎贝拉。她好像受到了惊吓。

“他不想要我，”她喃喃自语，盯着妈妈刚才说话的地方，“她也不想要我。没人想要我。”

“不是这样的。”我随口说道。学校辅导员在这种情况下应该会说类似的话吧。

伊莎贝拉看了我一眼。那个眼神的意思绝对是：“别骗我了，芬恩。”

“对不起，”我说，“你说得对。这很糟。糟糕透顶。”

“我知道学校里没人会想起我。哦，可能除了班主任吧，因为她每天早上都要点名。你想起过我吗，芬恩？”

“那会儿？四个月前？”

她点了点头。

我必须说实话。“没有。看到那些失踪儿童海报和广告牌之前，我甚至不知道你是谁。”

“好吧，不怪你。没人知道我是谁。在变成幽灵之前，我是一个隐形的女孩。总之，那个星期五我没有去学校，我决定离家出走。”

“原来如此。你去了哪儿？”

“我不记得了，可能也没有确切的目的地。我只是想逃开。”

“你往哪个方向去的？”

“那条路。”她伸手一指，是学校的反方向，“城镇中心，主街，巴士站。我身上带着午餐钱，付车费应该够了。”

“你打算去哪儿？”

“除了这里的任何地方。”

49. 在加油站

我们去了城镇中心的巴士站。

实际上，这里只是一个加油站，路边的电线杆上挂了个“巴士站”的牌子。

“巴士是去圣保罗的。”我说。在我们这儿，不想（或不能）自己开车去市里的城镇上班族一般会乘坐巴士，大多数人的目的地都是圣保罗。

“我刚才说过，我只有午餐钱。”伊莎贝拉对我说。她的神情很专注，正努力拼凑记忆碎片。“去圣保罗很远，我的钱不够。而且除了爸爸，我在市里谁也不认识，而且他那天也不在市里。所以我没去圣保罗。不过，搭巴士到中间的某个地方，我的钱倒是够了……”

我看了看路边电线杆上的线路图，上面列出了加油站到

圣保罗之间的所有站点。还好站点不多。

“这些地方你有印象吗？”我问，“奥克戴尔？艾尔蒙湖？ 13 号公路？”

“13 号公路！”伊莎贝拉说，“没错，那里还有一个加油站。那里很偏僻，但离我想去的地方很近。”

“你想去哪里？”

“不记得了。我只记得当时我有一种感觉，我必须去那儿。那里很安全。”

“真的？”

“是的，芬恩。这种感觉为我指明了方向。我没有多想，就是跟着感觉走。我坐巴士到达 13 号公路站，加油站有一个小商店，我剩下的钱还够买一个甜甜圈。我吃了甜甜圈，等雨停。但雨一直没停，所以我决定出发，管他呢。我被一种强烈的情感呼唤着，拉扯着。说真的，芬恩，我能感觉到它。如果能到达那个地方，那个我想不起来的地方，那里的人会需要我的。我会很开心。”

“嗯。不错。也许你没能到达最终的目的地，也许路上发生了一些事情，不好的事。你能想起来你想去的地方是哪儿吗？”

她摇了摇头。“想不起来。对不起。那部分还是很模糊。”

“没关系，”我对她说，“我们也不赶时间。实际上，我们有无限的时间，永恒的……”

“但你难道不想向前看吗？”她说，“等抓到了把你赶下公路的疯子货车司机，你的任务就结束了，就没必要留在这里了。”

“找到你的尸体之前，我哪儿都不去，我们得给你父母一个交代，让他们获得就像电影里说的那种‘解脱’。他们可能不是世界上最好的父母，但他们应该知道你遭遇了什么，伊莎贝拉。你也是，如果完成了任务，你也可以继续前行。也许我们可以一起。”

“但愿吧。谢谢你，芬恩。”

我试着把最初的这几块拼图拼在一起——伊莎贝拉想去

一个能让她快乐的地方。可唯一的问题是，她不记得那是什么地方，或者是否存在。根据我的猜测，她的尸体应该在她买甜甜圈的商店和最终目的地之间的某个地方，最终目的地是一个她能感觉到快乐的地方……

我突然想起一些事。

“我遇上疯狂货车的那座山，山脚下就是 13 号公路，那里的红色信号灯一直闪。你下车的那个加油站离我掉下悬崖的地方很近。”

“也许吧。但 13 号公路很长，芬恩。怎么也得有十英里、二十英里……”

突然，太阳像弧线三分球一样划过天空，接着如同扣篮一般坠落在西边的地平线上，暗影沿着主街不断延伸，世界陷入黑暗。十秒钟后，哇！天亮了，新的一天又开始了。新的光影在地面延伸，光球从东方迅速升起，越过我们头顶，渐渐慢了下来。

“又一个下午。”伊莎贝拉说。

我怀疑她对太阳用了超能力。她的目的可能是“让我们换个话题吧，芬恩”。

“我们得去你的纪念地。”她说。

然后我们就到了。

50. 追踪货车

我们监视着我的路边纪念地。呃，路人们，可真有你们的！这里现在遍地垃圾，快餐袋、包装纸和纸板包装盒更多了，里面还有发了霉的奶酪汉堡，已经变成橙色的黏稠物。还有一个掉了皮的轮胎面。如果说之前的场面令人难过，现在简直令人抑郁。毛绒玩具看上去像湿漉漉的老鼠。

“时间快到了。”伊莎贝拉说。

“嗯？”我心不在焉，觉得自己很可怜。在自己去世的地方看到湿纸巾包裹的枯萎花束会让你顾影自怜。

“你那辆货车，芬恩，如果按往常的时间表，它应该随时会来。”

没错。

它来了。是那辆黑色货车。那台达斯·维德死亡机器气势汹汹地驶来了。它在山下的 13 号公路红灯处停了一会儿，我们能听到它的发动机嘎嘎作响，就好像螺丝松动了。

发动机加速运转。

这个疯子又一次将油门踩到底。货车冒着黑烟，咆哮着向山上冲来。由于疯子的驾驶速度远远超过了货车正常能够承受的速度，发动机正在竭尽全力地运转。车子从我们身边飞驰而过，成了一道模糊的影子。

但我们追了上去。

哦，没错。和预计的一样，我们能追上。我们飞到山顶，俯瞰山的另一边，然后就瞬移到它的保险杠附近了。

货车越过山顶之后，司机放慢速度。他开始严格按照路上张贴的限速牌驾驶。可能是不想被警察盯上吧，不然他在悬崖上追赶自行车的爱好可能就要暴露了。

大约过了一英里，司机拐进一条偏僻的土路，路上满是轮胎印。货车在茂密的林间颠簸前行，轧过路面的坑洞和几块巨石，后轮胎扬起阵阵灰尘。对此，伊莎贝拉和我并不介意，因为我们不再打喷嚏了。

最后，货车停在一处车道上，旁边是一间阴森的村舍。看得出来，这间村舍以前应该很漂亮，只是年岁有些久，现在已经破破烂烂，歪七扭八，眼看就要塌了。斑驳的油漆已经崩裂卷曲，露出灰色的木质墙板。

司机——头戴卡车司机帽的老头——从货车上挪动下来，伸了个懒腰。他走到一个生锈的信箱前，打开门，取出一叠信封。

“账单和垃圾邮件，”老头嘟囔道，“账单和垃圾邮件，还是垃圾邮件。”他摘下卡车司机帽，擦去头顶的汗水——他已经秃顶了。

突然，他被什么东西吸引了目光。

幽灵是最牛的侦探。

我们永远都能隐蔽起来。

村舍旁边有一片树篱，打从上一次给墙面上漆（大概是上个世纪的某个时候），这片树篱或许就没再修剪过了。灌木丛里有一颗湿漉漉的泡沫绵橄榄球，已经被肮脏的雨水浸透。他抓起球，把它丢到了树篱外面。脏兮兮的球体一边滴着水一边在空中画了个弧线，最后颤悠悠地落在隔壁村舍的草坪上——我对“草坪”这个词的定义不是很严谨。好吧，其实那也是一间破破烂烂的棚屋。我只是想表达得有礼貌一些。

他走到路边破烂的绿色垃圾桶前，筛了一下信件，接着把几封信丢进回收纸堆里，然后往屋里走去。

我冲到垃圾桶跟前，捡起垃圾信件看了看上面的地址栏。也许能知道他叫什么名字。

有些写着“致住户”或“致常住居民”。

但有一封写着“致卢瓦·欧文比先生”。

卢瓦·欧文比。这个名字对我来说完全陌生，但我至少知道了杀死我的暴躁老头叫什么。

但我仍然不知道为什么。

卢瓦·欧文比先生对我有什么不满吗？我从来没向他院子里扔过黏糊糊的橄榄球，也没用棒球打破过他家窗户。

我需要一个动机。他这样做总得出于某种原因。电影里破案的警察总是会寻找作案动机。

那么，欧文比先生的动机是什么？

他想让我死的理由是什么？

仅仅是因为我在他开车的路上骑自行车，他就想把我赶下悬崖？

51. 克服恐惧

太阳西斜，伊莎贝拉和我回到湖边。

我们太喜欢这里了。我们在岸边的岩石上坐下，听水声潺潺，捡起几片石头打水漂。好在周围没有其他人，否则石头自己跃过湖面可能会吓到他们。

人在思考的时候会做一些事，比如打水漂。或者如果是米奇，他想炫耀的时候也会打水漂。他发誓他曾经把一片平整的石头打到了湖的另一边。他说："漂起来十四次！"当然，当时没人在场见证他的冠军时刻，不过，嘿，他应该能做到吧。我之前说过，这家伙是个很棒的运动员。

伊莎贝拉和我都很安静。我们都在想办法解决问题——我们的死究竟是怎么一回事？为什么？

"你打算把欧文比先生交给警察吗？"伊莎贝拉打破

沉默。

“也许吧，”我说，“但我想知道他为什么要那么做。为什么是我？”

“如果他真的是个变态，芬恩，可能并没有合理的原因。也许你应该让警察去调查这些。”

“也许吧，”我又打了个水漂，“你呢？从 13 号公路站下车之后的事情，你还有印象吗？”

她摇了摇头。“没印象。负责那些记忆的那部分大脑好像睡着了，醒不过来。”

“那么，”我狡猾地笑了笑，“我们就浇点儿凉水让它清醒清醒。”

“什么？”

“我们去游泳吧！我的朋友们总是说这里的水很清爽。我想自己体验一下。”

“你认真的吗？”

“嗯，来吧。我们去游个月光泳！”

伊莎贝拉脸有点儿红。“裸泳？”

“呃不。不用担心衣服湿掉。我们已经死了，你忘了吗？我们的衣服大概是防水的或者隐形的，又或者，我说不好，可能根本不存在。话说回来，如果它们不存在，又怎么会湿呢？”

伊莎贝拉笑了，站起身来。“你说得对。但你不是害怕湖吗？”

“我以前害怕，活着的时候一直都怕。但现在我不必担心溺水了。”

伊莎贝拉又笑了。我捏紧我的鼻子。

“呃，芬恩？你为什么捏鼻子？”

我耸耸肩。“不知道。阿克斯跳水之前总是这样。”

“好吧。”

伊莎贝拉也捏住鼻子。我数到三，我们一起跳了进去。

哇。真的身处湖中的时候，那感觉更妙了。湖水很冷！但又十分清新，令人精神振奋。我知道这么说很奇怪，但我以前从没有过这种生机勃勃的感受。

我想游到湖中央。大家都说那里有个无底洞。

“来吧。”我说。

伊莎贝拉跟着我游到水最深的地方。我知道那个位置，我的朋友们总是会互相挑衅着游到那儿——我就坐在岸边，担心他们的安全。今晚？我正在感受他们在炎炎夏日里感受到的一切。他们中应该没有谁在晚上游出过这么远，我多想告诉他们这种感觉有多棒。天上的星星倒映在平静的水面，我和伊莎贝拉就像在属于我们自己的星系里漂流。

没错。我已经克服了一些恐惧，比如在湖里游泳，和安

啊，太棒了。我早该这么做了。
这才是活着。

妮之外的女孩说话。嘿，迟做总比不做好。是吧？

“那么，”在沉默中漂流了几分钟后，我说，“在冷水里扎猛子，你的大脑醒过来了吗？有没有想起什么？”

“有一些吧。”她说。

我翻过身来，踩着水，她也学着我做。我们直视着对方的眼睛。

“什么？”我问，“你想起什么了？”

“我想起一种感觉。温暖的感觉，被爱的感觉，安全的感觉。在发生一些事之前，我感到很安全，被人关爱……我知道我要去的地方是一个充满爱的地方。”

“那个地方是哪儿？”

“我不知道。我是说，它就在那儿……在我大脑的一个角落里。”

她叹了口气。

“我记不起来。”

52. 活在当下

我渐渐感受到，我的任务快要完成了。

很快我就要继续前行了。伊莎贝拉的记忆正在慢慢恢复，再过一两天，她就会想起来自己到底去了哪里。我知道一定会。我要给警察传递信息，但我不太确定应该怎么做。至少现在还不清楚，但我会想办法的。

长话短说——我们的未竟之事即将完成。

不过，在离开之前，我得跟我的弟弟查理聊一聊。

我在心里想着他的名字，然后就到了他的房间。伊莎贝拉没有跟过来，可能这件事我得独立完成吧。

我看了眼查理床头柜上的钟，现在是凌晨三点，他睡得正香。我想告诉他一些事情。不，我必须告诉他一些事情。

我弯下腰，在他耳边轻声低语。

“不要重复我的错误，弟弟。有点儿冒险精神，过你想要的生活。每一天都是一份礼物，活在当下吧，这就是为什么‘当下’①和‘礼物’是同一个词。”我的表情有些不自然，“好吧，我刚才说得太老土了。这些话可能是我在一张贺卡上读到的。但是，说真的，查理——不要像爸爸妈妈那样紧张兮兮，不要对一切都感到害怕。确实，外面的世界有很多糟糕的事，比如战争和霸凌，或者有人在浴缸里滑倒。但也有很多美好的事物，比如松树。你有留意过它们的气味吗？太妙了。还有洒满月光的湖面，真的特别美。找个晚上

① 原文为“present”，意思为“当下”，也可以指“礼物”。

偷溜出去看看吧，也闻一闻湖水的气味。闻一闻世间万物的气味。

“小弟，我多想跟你聊天啊，查理。无论如何，我想说的是：有点儿冒险精神，享受你的生活。不要等死了才意识到，能在每天早晨如期醒来是一件多棒的事。别像我这样。我搞砸了。”

突然，查理睁开眼睛。

“芬恩？”他小声说。

“我在这里，小弟。”我对他说。

查理慢慢闭上双眼，又睡着了。

但愿他听到我说的话了。

但愿他在梦里见到我了。

第九章

最终的告别

53. 午后时光

又是一个下午。

我和伊莎贝拉一起来到悬崖边的跳水岩上。

放暑假了，我的朋友们当然会来湖边的岩石上玩。米奇跳进水里，颇有奥林匹克跳水金牌得主的风范。安妮和克里斯托弗也一跃而下，脚先入水。阿克斯捏着鼻子，又抛出一个深水炮弹。他们游了一小会儿。

“去深水区！”我双手拢在嘴边冲他们大喊。

“那儿真棒！”伊莎贝拉补充道。

朋友们听不到我们的声音。他们在水里扑腾玩闹，像斗鸡一样，最后费力地爬回跳水岩上。他们在岩石上铺了毛巾，坐在明媚的太阳下。又是美妙的一天。他们在一起谈天说地，嘻嘻哈哈的。

他们真是……生机勃勃。

几分钟后，克里斯托弗和阿克斯开始了他们多年来争论不休的话题：比萨好吃还是意大利面好吃。

“取决于酱汁。”克里斯托弗说。

“还有肉，”阿克斯说，“浇头或配料之类的……”

很快，他们开始闲扯视频网站上的新节目。之后，他们可能会讨论自己如果收到霍格沃茨魔法学校的来信，信上会写什么。是的，他们有些书呆子气，永远是我最好的书呆子朋友。

至少我活着的时候是这样。

午后时光一点一点过去，我意识到一些让我感到难过和震惊的事实。

没有人提到我。

一次也没有。

我们已经偷听了几个小时。很明显，我不仅仅去世了，还被遗忘了。也许永远被遗忘了。

一帮女孩来了，跟米奇打着招呼。

“嘿，米奇。”一个深棕色头发的女孩说道。她旁边还有另外两个女孩。

“嘿，玛丽亚。”他风度翩翩地说，“看来你带了些朋友过来。女士们，这是我的铁哥们儿阿克斯和好兄弟克里斯托弗。”

玛丽亚咯咯笑了，她的朋友们也笑了起来。阿克斯跟着笑了。安妮翻了个白眼。克里斯托弗盯着自己的鞋子看。

伊莎贝拉抓起我的胳膊。我感到一阵寒意。

“玛丽亚！”她急切地说道，好像这是宇宙中最重要的名字，“玛丽亚！”

我不知道她为什么一直叫这个名字。

而且很不巧，我现在没法把注意力放在她身上。

因为米奇刚刚邀请大家骑上自行车，沿着山脊路骑到路边的冰激凌店——顶流牛奶工厂。以前在湖边度过炎热的一天后，我们经常一起去吃甜筒。

“山脊路？”名叫玛丽亚的女孩说，“去顶流的路不是这么走吧？”

米奇咧嘴笑了笑。“如果你想赶在蛋奶卖光之前赶到，就得这么走。”

“那是一条捷径，”阿克斯说，“我们前几天发现的。”

“但是，”克里斯托弗提醒道，“那条山路很陡，在 13 号公路的交叉路口那儿还有个红灯，你得先停下来，再拼尽全力蹬自行车，才能爬上坡。”

我同意。因为那个疯子把我赶出公路的时候，我就在山脊路上爬坡。

那是在下午四点半。

我低头看了一眼克里斯托弗的智能手表。

现在是四点二十分。

我在脑袋里快速计算了一下。

我的朋友们即将骑到山脊路，而卢瓦·欧文比也将开着他那辆黑色死亡货车经过，回他那间恐怖的村舍！

54. 自行车队

我的朋友们扶起他们的自行车。

后来的女孩们也是。大家嘻嘻哈哈，其中一个女孩正在向安妮展示舞蹈动作。米奇推着他和玛丽亚的自行车，因为这会让他的肱二头肌——他的“大炮”——鼓起来。与此同时，伊莎贝拉凝视着地平线，不断重复“玛丽亚”这个名字。

“玛丽亚……”她喃喃道。

“我们得阻止这帮家伙。”

“我好像想起什么了，芬恩。玛丽亚。为什么这个名字这么熟悉？”

“会搞清楚的，之后再说。现在我们得阻止我的朋友，那个疯子飙车回家的时候会在山路上遇到他们。他会把他们都赶下公路的！我知道他会。他肯定会的。”

“怎么才能阻止他们？”

“不知道。周围也没有玻璃可以写字。不过我们可以让他们打冷战！”

“好主意。”

我们从我朋友们的身体里穿过去。果然，他们开始哆嗦了。

“呜，”米奇说，“一想到那些冰激凌，我鸡皮疙瘩都起来了。”

“我也是，”阿克斯说，“大伙儿快点。如果抓紧时间早到一会儿，店里人不会那么多。”

“我想要一个旋转甜筒。”深棕色头发的女孩说道。

“没问题，玛丽亚。”米奇说。

话音刚落，伊莎贝拉又开始小声嘀咕了：“玛丽亚……玛丽亚……”

“伙计们！”我喊道，“别走捷径！走平时走的路。离山脊路远一点儿！好吗？”

葬礼上他们似乎听到我说话了，但这样的情景没有重现。他们根本没听到！

自行车在小路上吱呀作响，伊莎贝拉和我紧跟着他们。

“求你们了。”我直接对着克里斯托弗的耳朵说道。他最聪明，最敏锐，也是我最好的朋友，没准儿我们能建立起某种心灵感应。“你不想走任何一条捷径，克里斯托弗！你不想走捷径。”

“那真的是一条捷径吗？”另外一个女孩问克里斯托弗。我能从她提问的方式看出来，她喜欢克里斯托弗，她只是想找个借口跟他说话。“因为我，呃，有点儿饿。”

“嗯，是的。”克里斯托弗说。

“真好，你好棒。我是米娅。”

“克里斯托弗。”哦，很好。他直勾勾地看着她。真的要在这个时候盯着人看吗？算了，他不可能听到我的恳求，他的注意力全在米娅身上，我觉得克里斯托弗有点儿喜欢这个女孩。

“时机不对。”我嘀咕道。

转眼间，他们就骑到了山脊路，一个由七辆自行车组成的车队聚集在马路右侧的路肩旁边。他们占了一大片路面，肯定会惹恼路过的司机，尤其是那个脾气暴躁的老头。

“准备上山！”米奇喊道。他是这个车队的领头。“全力冲击！全力冲击！冲啊——冲啊——冲啊！”听上去就像玩网络游戏时喊的战斗口号。

米奇站了起来，使劲蹬踏板。安妮是有力的竞争对手，她正尝试从米奇右边完成超越。

伊莎贝拉和我飘浮在空中，跟着他们。我张开双臂，像个交通协管员。这时，伊莎贝拉冲他们大喊。

“你们这些家伙！原路返回！这是个错误。杀死芬恩的老头也会杀了你们。”

毫无意义。无论我们说什么、做什么，都无法阻止即将发生的事。我们只能做两个担惊受怕的旁观者。

接着，我听到了熟悉的发动机声。

我朝身后望去，看向山脚下闪烁的信号灯。

黑色货车来了。它全力加速，就像刚被放行的赛车手。

卢瓦·欧文比坐在方向盘后面，他今天没戴卡车司机帽。下午的阳光照在他的光头上，闪闪发亮。黑烟从排气管里喷出来，货车在加速。越来越快。

老欧文比要杀死我所有的朋友和他们刚认识的三个女孩。

他要把他们统统赶下公路！

我们真的要成为永远的书呆子朋友了，因为所有人都要死了！

55. 真相大白

货车离自行车队只有二十码远了。

它奋力爬坡，发动机听上去不太对劲。我感到胃里一阵恶心，想吐。

货车轰隆着逼近自行车。欧文比先生正在踩油门，发动机嗡嗡作响。我更想吐了。货车和克里斯托弗之间的距离越来越小，他在队伍末尾。

十码。

五码。

“伙计们！”

他们没听到。我闭上眼睛，因为我无法直视即将发生的事情——货车马上就要撞上他们七个，把他们撞出山脊路。

然后我听到了嘟嘟声。

一阵惬意的喇叭声。

我的眼睛睁开一条缝，发现货车正非常、非常缓慢地移动，苦苦挣扎，吭吭哧哧的。就像一辆……可能没办法……越过轨道上第一个高点的过山车。

我看向方向盘后面的欧文比先生，他脸上挂着窘迫的笑，这辆破烂的货车似乎让他感到很尴尬，他觉得他有可能开不到山顶了。最后，货车终于超过我的朋友们，老头耸了耸肩，对他们挥手。

"嗨，欧文比先生。"玛丽亚喊道。

"你好，玛丽亚。"

"你打算什么时候买一辆新货车？"

欧文比先生居然大笑起来。"中了彩票就买。代我向你爸妈问好。"

"我会的。星期日教堂见。"

"到时候见。"他对玛丽亚行了个轻快利落的二指礼，"如果这台破车还能开那么远的话。"

货车终于到达山顶——时速大约两英里。好在下坡时重力发挥作用，它提速了。我的朋友们也一样。货车继续向前开，七辆自行车滑行了一会儿，骑向冰激凌店。米奇甚至提起两只脚，让脚踏板自己旋转。玛丽亚有样学样，还加了句"呜呼！"

我终于知道我是怎么死的了：
因为我是个白痴。

伊莎贝拉和我站在山顶的观景台上，看着他们飞下斜坡。

我震惊了，像突然被雷轰击一般，目瞪口呆。

突然间，我彻底明白我死的那天到底发生什么了。

那辆黑色货车根本没在追我。

那个老头不是斯蒂芬·金电影里的变态恶魔，他并不想把我赶下公路。黑色货车也并不邪恶，它只是一辆老旧的耗油机器，搞不定那个陡峭的山坡。

所以欧文比先生狠狠踩下油门，给发动机加足马力。他需要尽可能快的速度和更强的动力，这样才能爬上山顶。也许他根本没看到我，因为他太专注于让那辆老破车爬上山坡了。

事实证明，我的恐惧……毫无意义。欧文比从来就没想杀我。

是我自己的恐惧杀了我。

我是个白痴！

56. 一条捷径

我的朋友们骑下山坡去吃冰激凌的时候，我听到了他们的笑声。

我回到纪念地。行凶现场。我杀害自己的现场。我盯着山下嶙峋的岩石，伊莎贝拉在我身后徘徊。

“恐惧才是敌人，伊莎贝拉。”我对她说，“一个不小心，它就会杀掉你。”

“恐惧也能让你活命，芬恩。”

“是吧，也许。也许这就是我飞下悬崖时戴着头盔的原因。真是帮了大忙……”

“也许两者我们都需要，”伊莎贝拉说，“恐惧和勇气，这两样东西得平衡。”

我点了点头。“听上去很有道理。活着的时候我能学到这一点就好了。”

“是啊，我也是。我害怕所有的事，所有的人，除了玛丽亚。”

呃，是的。我一直在关注自己，自己，自己。我几乎忘了伊莎贝拉，还有她听到“玛丽亚”这个名字时那如梦初醒的样子。我的任务已经结束了，完成了，接下来要专心解决她的事，然后我们就可以继续前行了。我害怕继续前行吗？也许吧，也许有一点儿。但我已经吸取了教训，我不能让恐惧继续支配甚至毁掉我的生命——我是说如果我还有生命。

“所以，玛丽亚是谁？”我问。

“我姑姑！”她双眼绽放出从未有过的神采，“我想起来了。我们在山上那会儿，你的朋友们在谈论捷径的时候，我想就是那个时候想起来的，我是说，我很确定——我走了一条捷径，捷径，芬恩！这就是答案。”

伊莎贝拉神采奕奕，雀跃得像个大活人，我差点儿忘记她已经死了。她充满活力和喜悦，我也跟着高兴起来。

我突然有点儿希望我们在活着的时候就认识彼此。她很适合加入我的好友小分队，肯定的。我越来越喜欢她了。

“原来如此，”我说，“给我讲讲你的玛丽亚姑姑吧。”

“她是我爸爸的妹妹，她总是喊我伊兹。”

“哦？”

“嗯哼，伊莎贝拉的简称。”

“伊兹。我喜欢这个名字，怎么说呢，总之这个名字更有趣。”

“没错！芬恩。总之玛丽亚姑姑和我爸妈截然不同。每次在她那儿过夜，我都打心底里高兴。我们会一起看烂片，有时候也看恐怖片。我们会做一大碗爆米花。我知道一大碗爆米花没什么了不起的，但我在我家从来没吃过，不管是爸妈离婚前还是离婚后。因为爆米花容易把家里搞得乱糟糟的，容易让人发胖，而且吃起来很吵。可是在玛丽亚姑姑家的时候，我可以乱糟糟的，吵吵闹闹的，我可以做我自己。相比在完美宫殿一样的家里被逼着扮演的那个自己，我更喜欢玛丽亚姑姑家的那个自己。”

“那你的玛利亚姑姑住在哪里？”

“应该在13号公路附近。”

“应该？”

“这部分还是记不起来。我想起她了，还有她的笑声，她的狗狗和两只猫，装爆米花的紫色大碗，还有她家厨房里的烤饼干香味儿。”

“街道名也想不起来吗？”

伊莎贝拉摇了摇头。“这段记忆是空白的。”

“好吧。我们会查清楚，你会想起来的。”

我意识到，现在的我们没有网络地图或 GPS 手机软件，情况因此变得很麻烦。死了之后就没有网络可用了。

“我走了一条捷径，”伊莎贝拉说，“从那个加油站往玛丽亚姑姑家走，我想快点儿到她家。另外，当时正在下雨，我不想淋得太湿。所以……没错，我打算穿过树林。”

“13 号公路旁边那片树林？”

伊莎贝拉不自觉地盯着什么地方出了神，她每次努力回忆自己在地球上的最后一天时都是如此。

“啊！我记起来了！所有事我都想起来了！”

57. 工匠小屋

伊莎贝拉所谓的“所有事”实际上是“几乎所有事”。

“我走出那座加油站。”

我只管点头说“嗯哼”就好，可千万不能打断她的记忆。

“天在下雨，下得很大。我穿了一件黄色雨衣。”

“嗯哼。”

“我沿着 13 号公路走了大约一英里。我的鞋湿透了，袜子也湿漉漉的。”

我点点头。

“我觉得，如果徒步五英里走到玛丽亚姑姑家，我可能会死于肺炎。所以我打开手机查了一下地图软件。如果从树林斜穿过去，只需要走一英里，或者两英里……”

“你还记得你是从 13 号公路的哪里改换路线的吗？”我

问，“从哪儿进入树林的？”

“不记得了。但我打开了地图软件，跟着地图走，但后来手机没信号了。我知道只要继续往下走，最后会到达她家后院。也就是夜鹰路 102 号。”

她瞪大双眼。

“哦，天哪！我刚刚想起了她家地址！夜鹰路 102 号。正是玛丽亚姑姑住的地方！那是一座可爱的房子，她叫它‘工匠小屋’。门前有一个门廊秋千。如果我想离家出走再也不回去，那里就是我想投奔的地方！”

“好的，”我说，“非常好。我们知道了 13 号公路上的加油站和夜鹰路 102 号的小屋。然后，这中间发生了什么？”

“我当时在树林里。手机不能用，一点儿信号都没有。我应该是迷路了吧，因为我不知道自己在哪儿，只知道想去哪儿。我怀疑我在绕圈子，因为我老是看到一块长满了青苔的石头。我很怕，就开始跑。雨还在下，地上的树叶很湿。我滑了一跤……”

她倒抽一口气。我等着她继续。

“有一座悬崖，芬恩。我走到了一处岩石平台，滑倒了，失去平衡，没有了落脚点——我从岩石平台上翻了下去，跟你一样。只是我没骑自行车，也没戴头盔。我非常肯定，撞上五十英尺下方那些尖锐石头之前我就昏过去了。”

没错。除了死亡以外，我们之间还有其他共同点——摔下悬崖，落在嶙峋的岩石上。嶙峋的岩石，真是让我永生难忘。

“我一点儿也没觉得疼，”她说，“就那么死了，可能吧。接着我能记起来的事就是，我回到了学校，在那个有蝴蝶喂食器的小花园里溜达，再就是几个月后，你在那儿看到了我。”

“所以你就一直在学校晃荡？好几个月？”

她点了点头。“嗯。大部分时间吧。你的恐惧把你追下公路，我的恐惧把我困在学校里。而且，你也发现了，时间对我们来说真的一点儿意义都没有。”

确实。我们俩的“几个月”可以在蝴蝶扇动翅膀的间隙里流逝。

“每隔一段时间，”伊莎贝拉继续说，“我就会去那座墓园里溜达。我希望遇到一些亲戚，他们可以告诉我接下来该怎么办。但我没遇到。不过我确实交了几个朋友，只是他们都没有你这么好。”

“谢谢。”

“墓地里的一些幽灵会问起我的故事，但我不太记得，只说我很害怕。我知道妈妈会生我的气，爸爸也是。尤其看到他们在学校挂的那些失踪儿童海报之后，这种感觉更强烈了。我还听到一些孩子讨论那些海报。牛奶盒上也印了寻人启事吗？”

我点头。“你的照片无处不在，伊兹。这样持续了一两个星期吧……”

然后大家就忘了这回事。就像他们忘了我的路边纪念地。

“我只知道，我永远也回不了家跟他们告别了。”伊莎贝拉对我说。

“为什么不能？”

“我太害怕了。我无法面对我妈妈，连死了也不敢。因为我做了蠢事——虽然我根本不记得自己做了什么。我是说，我离家出走，然后死了。我毁了她的完美生活。大家可能会带着砂锅菜来家里慰问，但我妈妈不喜欢被人可怜的感觉。我想这就是为什么她不愿意接受我已经死了的事实，她觉得我正在某所不知名的高级寄宿学校读书，跟我爸在迪斯尼乐园里玩。她需要时间，芬恩。她需要时间消化这个事实，我爸也是，每个在寻找我的人都是。我们得让他们知道我已经死了。如果能做到这一点，我想我应该就能继续前行了。”

“所以，我们得让某个人找到你的尸体。”

“没错。”

“就在加油站和你玛丽亚姑姑家中间的树林某处。”

“对。”

这样的天气，真是适合在树林里散步。反话！

“那个树林面积可不小。”

“我知道。”

“有一大片呢。”

“嗯。”

“好吧。我有个主意……”

我把我的主意告诉伊莎贝拉。她觉得不错。

我们马上开始行动。

我们要完成她的未竟之事。

58. 更改航线

还记得我在克里斯托弗妈妈的直升机里晕机那回吗？

那算不上我人生中最好的一天，而且我可能是在生日聚会上（甚至连蛋糕和冰激凌都还没有端上来）呕吐的第一人。嗯，但你可能还记得，从峡谷里发现我的尸体的，正是欧文斯太太。现在，她的天空之眼得再显一次神通。

这会儿正是晚高峰，伊莎贝拉和我想了下在电台交通报道直升机里的场景，就立刻到了那里。正是夏初时节，距离太阳落山、黑夜降临还有一段时间。

我低头看着城镇中心拥挤的公路，感觉就像电视上的药品广告里，奶酪或别的什么东西堵住了某个人的动脉。

你猜怎么着？这次我不怕了。是的，我没绑防坠器，但欧文斯太太是一个受过军事训练的飞行员，她的直升机定期保养检修，操纵装置看上去也很高级，还很新。

而且我已经死了，有什么好怕的？

在伊莎贝拉和我的注视下，欧文斯太太对城镇所有的主要道路进行了流程化播报，比如哪里堵得厉害，哪里有轻微的交通事故。

我开始小声嘟囔，让她更改航线。

“飞到13号公路，”我对她说，“飞到树林上空。别管交通情况了。树林里有大新闻。”

欧文斯太太操纵直升机，在州际公路上一辆挂车偏轨的卡车上空盘旋。

我又试了试。“去13号公路。”我小声道。我真的很努力想发出诡异的声音，就好像人们有时候会幻想占卜牌对他们发出预言时的声音。

伊莎贝拉也加入进来。“飞到森林上空。”

“别管交通情况了！”我俩一起小声说。

“森林里有大新闻！”我又说了一次。

欧文斯太太什么反应都没有，仍然在那辆可怜的卡车上空盘旋，它的挂车倒在路肩上，货物都掉出来了。很显然，这辆十八轮的超级卡车运了好几吨香蕉。香蕉被碾得到处都是，像是给公路涂了一层黄色油膜。

我意识到，小声耳语行不通，尤其是在直升机上。头顶的螺旋桨嗖嗖旋转，发出惊天动地的噪声。声音太大了，欧

文斯太太戴了厚重的头盔。

所以我试了试大声喊。

“飞到 13 号公路！”我喊道，“去森林那里！拜托了，欧文斯太太。拜托了？”

欧文斯太太脸色变了变。她听到我说的话了？人们说的没错，“拜托”这个词也许真的拥有神奇力量。

“一号直升机正在播报。”她对着麦克风说道，“远离 694 号公路，除非你喜欢香蕉圣代。下一条路况报道将在十分钟后为您奉上！下面将现场交给布莱恩。”

她向右拉动操纵杆。我们离开了州际公路。

直升机飞往 13 号公路的方向！

她还是听到我们说话了吧。

59. 一具尸体

森林里有许多树。

树冠又大又厚，树叶翠绿浓密。眼前除了树还是树。

这主意太蠢了。我心想。

“不蠢，芬恩。”伊莎贝拉又在读我的想法，“这是个好主意。想搜索这片区域，这是最好的办法了。我觉得你是个天才。”

“但她什么都看不到。”

我们在13号公路旁的树林上方追踪。柏油路面像一条丝带穿过翠绿的植被，偶尔有一两辆汽车路过。再就没有别的什么了。

我看了看欧文斯太太的脸。她的眉毛向下垂，视线锁定在下方的树林间。不知为什么，她读到了我们的心思（而且跟伊兹不一样，她可是个大活人)。不知为什么，她知道自己正在执行一项搜索营救任务。

实际上，我想，这更像是一项搜索寻回任务……

这时，欧文斯太太倒抽一口气，说了句什么——如果知道此刻的直升机驾驶舱里有两个幽灵，她可能就不会这么说了。

她迅速将直升机降下几百英尺。她看到了一些东西，她有了某个目标。

我们盘旋在一小块空地上。那里是一片崎岖阴暗的峡谷，巨石散布其间。我能看到地面上有一个大洞，边缘是凹凸不平的峭壁，洞里是一池绿汪汪的水。

还有一件亮黄色雨衣。

一具尸体面朝下，漂浮在由雨水填满的浅水塘中。

“是我的雨衣，”伊莎贝拉小声说，“那是我！”

我们找到了她的尸体。就在她滑倒的那处岩石下方。

“呼叫总部。”欧文斯太太对着头盔上的麦克风说道，“有情况。能确认我的位置吗？好的。请呼叫报警中心，我们需要一支搜救队。不，看上去不像是需要救援的情形……”

欧文斯太太向总部汇报了她看到的一切：一具人体，可能已经死了，漂浮在一片浑浊的浅水塘中；一件黄色雨衣。她非常专业，没有夸夸其谈，虽然她最近在直升机上进行交通播报时接连发现尸体。

“别看，”我对伊莎贝拉说，“你不会想看的。对你没什么好处。别看了，你的任务完成了，结束了。我们就此打住。”

伊莎贝拉闭上眼睛。

“我们早点儿做朋友就好了，芬恩。”她轻声说。

“嗯，我也是这么想的。”

“你可能会说服我别走捷径……”

“嗯，也许吧。在树林里走捷径很危险。我应该会列出一些我爸的数据，告诉你远足、露营这种森林深处的活动有多危险。或者我就简单给你讲讲汉塞尔和格蕾特的故事，小红帽也行……”

伊莎贝拉微微笑了一下，甚至发出了一丝笑声。“但我很开心，因为我们现在是朋友，芬恩。”

“我也是，伊兹。你准备好继续前行了吗？”

“嗯。如果你不觉得那太危险的话。”

我摇了摇头。“不。从现在起，我再也不会害怕任何事了。”

60. 最终告别

我们去了我家。

我十分肯定，这将是我最后一次回家。虽然只是一种直觉，但我强烈地感受到了。

“再见，房子。”站在家门前，我说道，“再见，草坪。我一定会想念那些除草的时光。再见，花朵们。妈妈总是会确保每一季都有新的鲜花开放。”

我们穿过墙壁。我与各个地方一一道别，包括一家人打扮圣诞树的客厅窗前，每天下午五点半准时吃晚饭的餐厅。跟它们告别有些傻，它们是没有生命的东西，但却是我日常生活中的一部分，尽管活着的时候我从未真正感谢过生活。

接下来是最艰难的部分。

向妈妈、爸爸和查理告别。

我先是给了查理一个拥抱。他没有打冷战，而是舒服地嘟哝了几声，就像在寒冷冬夜裹进被子里感受到温暖和舒适的时候会发出的那种声音。我的告别拥抱是温暖的，不是寒冷的。

“照顾好自己，小伙子。”我对他说，“冒几次险。但别冒那种，呃，荒唐的险。勇敢一些，至少要比我勇敢。”

我在厨房里找到了妈妈。她看着我最近一次拍的班级照片，正在哭鼻子。我抱了抱她，我知道她感觉到了。

“芬恩，你永远都在，在我心里。”她温柔地亲了亲我的七寸照。我在她脸颊上回了一个吻。我知道她感觉到了。

最后，我走进书房，爸爸正在书桌前对着电脑计算什么。

“我明白了，爸爸。”我想起墓园里那位军人告诉我的事，“你尽力了。被派到海外作战的时候，你冒了很大的风险，也受了很大刺激。所以你不想让我们受任何伤害，尽管你知道这是不可能的。随机事件总是会发生，有些事，数字和统计学也预测不了。我对我的所作所为感到抱歉，我任凭恐惧把自己赶下了悬崖。这不是你的责任，爸爸，是我的。要知道，如果给我一次改变的机会，我会改变的。我会胆子大一些，不让恐惧支配我的行动。”

我给了他一个拥抱。他叹了口气，停下手上的工作，一滴眼泪从眼中滴落。我也哭了。

“好了。”我对伊莎贝拉说。她待在一旁，静静看着我在家里的最后一次拜访。“可以了。该去你家了。”

她点了点头。

然后我们就到了她家。

61. 两个警察

伊莎贝拉家里没人。

宽敞的房间里铺着白色地毯，昂贵的物件巧妙摆放着，但她并没有向它们告别。

我意识到，跟我家不一样，伊莎贝拉在这个地方留下的快乐回忆不多。也许我们应该去她的玛丽亚姑姑家，她可以向紫色爆米花碗告别，向烤出曲奇饼干的烤箱告别。

门开了。她的妈妈走进门厅，脱下高跟鞋，将它们整齐摆在地板上，轻盈地走到房间另一边，一边走一边整理耳环扣，那上面镶着大钻石。她像打开橱柜门一般挪开一幅裱好的画，露出墙上的保险柜——夜间，钻石会存放在这里。

伊莎贝拉看上去有些胆怯，或者说恐惧。

于是我上前几步，在她妈妈耳边低语。

“伊莎贝拉已经死了。伊莎贝拉已经死了。伊莎贝拉，死了。”

她妈妈的嘴角动了动，唇边微微闪过一丝情绪。她离开客厅，穿过走廊，在一扇卧室门前停下。门上有一个银色的字母“I”，是伊莎贝拉（Isabella）的房间。

她慢慢打开门。

“自打那天早上以来，这是她第一次来我房间。”伊莎贝拉说。

“你确定不了吧……”我轻声说，试图减轻这件事对她的打击。

“我能，芬恩。我能确定。”

她妈妈走进伊莎贝拉的房间，看到靠在枕头中间的毛绒独角兽。

她开始哭。

“哦，我亲爱的宝贝，”她啜泣着说，“哦，亲爱的，我亲爱的宝贝。伊莎贝拉走了，她再也不会回来了。”

门铃声响起。

两个警察站在前门，表情严肃，帽子拿在手里。

我们知道，他们是来通知罗哈斯女士的。

接下来的话我们俩不需要听了。

62. 一同消失

那天晚上顺利完成任务之后，我们回到湖边。

我们站在岩石上看天空中闪烁的星星。月亮也挂在天幕间，正微笑着。

“我们做到了，”伊莎贝拉如释重负地说，“我们好好告别了，也知道了真相。”

我轻手轻脚地向前挪动，在跳水岩边缘停下。湖水像一面闪亮的镜子，倒映着数不清的星星和皎洁的月亮，就像第二个天空。

“我从来没有从这里跳下去过，”我对伊莎贝拉说，“看着我的朋友们跳了无数次，但我自己从没跳过。”

“因为害怕吗？”

“是的。我怕淹死，怕被我爸知道，甚至担心跳进水里的时候把泳衣弄丢。”

伊莎贝拉大笑起来。

“嘿，”我对她说，“我见过这种情况。有一次阿克斯忘记扣纽扣，跳下去之后重重砸进水里，结果泳裤掉了，还鼓了气泡浮起来，最后漂到岸边，米奇用一根树枝把它钩回来了，但不肯还给阿克斯。”

伊莎贝拉笑得更欢了。然后我也跟着笑了。

“不过我一直想跳，”我对她说，“从这里跳，而不是像我们上次那回在岸边跳。”

“我一直想有个朋友，”伊莎贝拉说，“一个跟我同龄的朋友，我们可以一起讨论一些事。好的事坏的事，任何事。”

“嗯，”我向她伸出手，“你现在就有一个朋友。”

“我知道。”她握住我的手，回了一个真诚的伊兹式微笑。她的手又软又温暖，一点儿也不阴冷。“而且你猜怎么着，芬恩？你还有机会。”

“机会？什么机会？”

她朝着下面二十码外波光粼粼的湖面点头示意：“体验一次跳水。”

“我不知道……”

“你可以的。”

“但现在太晚了。湖水很冷，天很黑。如果掉下去的时候才看到哪里有块凸出来的岩石可怎么办？”

“没有凸出来的岩石，芬恩。你看看就知道了。”

我微微弯腰，贴着边缘看下去，试着检查峭壁表面。我差点儿失去平衡，好在伊莎贝拉一直抓着我的手。她帮我找回平衡，站直身体。她说得没错，确实没有凸出来的岩石。我知道了，没什么好怕的。

我感受着眼前的一切，最后一次。树木的气味，恼人的青蛙叫声，月光下闪着银光的水流，它们从峭壁上倾泻而下，散发出一种微妙的气味，爽利、清新、干净，好像单凭气味就能品尝到那翻腾的水流。在这个令人惊叹的星球上，这个湖是最令我惊叹的地方。

“你还好吗？”伊兹问。

“嗯。”

“别担心。我会在你旁边——我们一起跳下去。”

“你保证？”

“我发誓，用生命保证。”

她的话把我们俩都逗笑了。

“啊，管他呢，”我说，“我们开始吧！”

我离开岩石边缘，往后退了几步。

“呃，芬恩，湖在前面。”

“我知道。我只是想来个助跑。既然要跳，那就跳得漂亮些！”

“听起来不错。”

我们后退了大约十五步。

我们依然牵着手，接着又握紧了些。

我转向伊兹，说道：“敬生命。”

“敬生命！”

我们拼尽全力奔跑，在岩石边缘一跃而下。

半空中，我们一同消失了。

尾声

是伊兹吗？

芬恩·麦卡利斯特终于醒了，他首先看到的是天花板上荧光灯的闪亮格网。

然后，他听到一阵平稳的嘀嘀声，还有医疗器械的嗡嗡声。

他偏过头。好疼！他看到爸爸正坐在病床旁边的椅子上哭。

爸爸从来不哭。

“爸爸？”芬恩哑着嗓子说。他觉得嘴巴很干。

“芬恩！”爸爸从椅子上跳起来，小心翼翼地拥抱他，尽量不触碰芬恩身上连着的乱七八糟的管子和电线。

芬恩笑了。

“你醒过来了！”爸爸泣不成声，这是他唯一能说出来的句子，“感谢上帝，你醒过来了。”

芬恩努力地点点头。他觉得眼角一暖，泪水涌了出来。

他想回家，迫不及待。他想见妈妈和查理。

但他没有等很久，不一会儿，妈妈和弟弟就冲进来了。

“他醒了？”妈妈深吸一口气，双手捂着胸口。

“他醒了！”爸爸泪如泉涌，是喜悦的泪水。

“嗨呀，查理。”芬恩只能说出这几个字，他的声音听上去很虚弱。

弟弟从门口冲过来，奋力爬到病床上给了他一个大大的拥抱。芬恩想起他在医院里做的那些昏沉的梦，想起他在梦里对弟弟说过的话，于是又对弟弟讲了一遍：不要重复我的错误，弟弟。有点儿冒险精神，过你想要的生活。每一天都是一份礼物。

门口有动静，吸引了芬恩的目光。

是一个穿着白底条纹服的黑发女孩，她探着头偷偷往房间里看。她好像也在哭。

芬恩认出了她。

不。

这不可能。

伊兹？